W0076062

Fantasy

Herausgegeben von Friedel Wahren

Das Schwarze Auge

Das Schwarze Auge

USCHI ZIETSCH

DER DRACHENKÖNIG

Achter Roman
aus der
aventurischen Spielewelt

herausgegeben
von
ULRICH KIESOW

Originalausgabe

WILHELM HEYNE VERLAG
MÜNCHEN

HEYNE SCIENCE FICTION & FANTASY
Band 06/6008

Redaktion: F. Stanya
Copyright © 1995
by Wilhelm Heyne Verlag GmbH & Co. KG, München
und Schmidt Spiele + Freizeit GmbH, Eching
Printed in Germany 1995
Umschlagbild: Dieter Rottermund
Kartenentwurf (Seite 6/7): Ralf Hlawatsch
Umschlaggestaltung: Atelier Ingrid Schütz, München
Technische Betreuung: M. Spinola
Satz: Schaber Satz- und Datentechnik, Wels
Druck und Bindung: Presse-Druck, Augsburg

ISBN 3-453-09493-X

INHALT

ERSTER TEIL

DIE
DRACHENKINDER

1. Kapitel

Der Sturm

Was wird mich dort erwarten? dachte Aigolf Thuransson bestimmt zum fünfundzwanzigsten Mal. Er stand an der Reling der *Prinzessin* und beobachtete einige kleinere Springwellen in der ansonsten ruhigen See. In der Ferne entdeckte er eine kleine Schule von Delphinen. Er schaute ihnen verträumt zu, wie sie mit ihren schlanken, blaugrün schimmernden Körpern aus dem Wasser herausschnellten, sonderbaren Vögeln gleich, und sich der Sonne entgegenreckten, um dann geschmeidig wieder ins Meer einzutauchen. Am vorigen Tag hatte er Swafnirs Kinder gesehen, ein Paar Grünwale, die mit ihren großen Rückenflossen in ruhiger Fahrt das Meer durchpflügt hatten. Ein Glückszeichen! hatte er zu sich gesagt, denn diese gewaltigen, bis zu vierzig Schritt langen Meeresbewohner wurden nur sehr selten gesichtet.

»Nun, Herr«, erklang die rauhe Stimme des Steuermanns auf einmal neben ihm und holte ihn in die Wirklichkeit zurück, »wir haben Kap Walstein bald umsegelt. Findet Ihr es nicht an der Zeit, uns Euer genaues Ziel zu nennen?«

Der Bornländer wandte sich zu dem Steuermann um. Er war mit seinen zwei Schritt und zwei Fingern Körperlänge um gut eineinhalb Spann größer als der untersetzte, muskulöse Mann am Ruder. Aigolfs lange rote Haare mit den zu Zöpfen geflochtenen Schläfensträhnen spielten im

Wind. »Gibt es Schwierigkeiten, Trakil?« fragte er mit der ihm eigenen tiefen und ruhigen Stimme.

Der Steuermann neigte den Kopf, es war ihm unangenehm, diese grünen, manchmal seltsam leuchtenden Augen so unmittelbar auf sich gerichtet zu fühlen. »Selbstverständlich nicht«, antwortete er. »Aber wir führen keine Ware, keine Passagiere mit uns. Wir umrunden das Kap Walstein und segeln weiter in Richtung Osten. Die Mannschaft möchte gern wissen, worauf sie sich einläßt.«

»Die Mannschaft wird von mir bezahlt«, erwiderte Aigolf. Er strich sich bedächtig über den dichten roten Vollbart, in dem hier und da ein paar silberne Fäden aufblitzten. Auch die Enden des langen Oberlippenbartes hatte er zu dünnen Zöpfen geflochten. »Es gibt keinen Grund zur Klage. Ich bin der Kapitän und bestimme den Kurs. Alles andere hat weder dich noch irgendeinen Matrosen zu kümmern. Darüber haben wir vor dem Ablegen gesprochen, ebenso darüber, was mit demjenigen geschieht, der sich plötzlich unzufrieden zeigt.«

Trakil nickte schwerfällig. »Er wird kielgeholt. Ja, das weiß ich alles. Jedoch sind wir alle zusammen sicherlich lange Zeit auf See, und da sollte man doch…«

»Kein Kapitän und noch weniger ein Schiffseigner verbrüdert sich mit seiner Mannschaft«, unterbrach ihn Aigolf unwirsch. »Für die gute Heuer, die ich euch bot, kann ich Gehorsam verlangen. Geh an die Arbeit!« Er wandte sich wieder der Reling und dem Meer zu.

Der Steuermann wollte noch etwas hinzufügen, überlegte es sich aber anders: Der Eigner wurde schnell wütend, und Trakil wollte wegen einer unbedachten Bemerkung nicht der Befehlsverweigerung angeklagt und kielgeholt werden. Mißmutig kehrte er zu den anderen zurück, die ihn schon gespannt erwarteten. »Nichts«, konnte er nur melden.

»Bei Swafnir, was hat er vor?« schnaubte daraufhin der Erste Maat. »Den ganzen Tag steht er nur da und schaut

12

übers Meer, wie wenn er nich ganz richtig im Kopf wär.«

»Woher hatte er überhaupt das Geld, die *Prinzessin* zu ersteigern?« fragte eine Matrosin. »Er is doch kein Adeliger oder 'n Kaufmann, der's zu Wohlstand gebracht hat. Nich mal so ein geheimnisvolles… Ding brachte er an Bord, das es wert wäre, so 'ne Fahrt zu unternehmen. Er kam nur mit seinem wenigen Zeugs an Bord, ließ sofort ohne viel Brimborium die Anker lichten und treibt uns seither immer weiter nach Osten…«

Trakil hob die Schultern. »Ich weiß es nicht, ich kann's nicht mal vermuten. Ich weiß nur, daß er 'n Krieger ist, das sieht man daran, wie er sich bewegt: alles nur Sehnen und Muskeln, und nicht zu vergessen die Waffen. Aber was macht'n Krieger auf hoher See?«

»Vielleicht ist er auf Fahrt gegangen für seine Dame, die in Not ist…«, vermutete das Schiffsmädchen, dessen Herz noch jung genug war für Romantik. »Entweder muß er sie befreien oder unter Einsatz seines Lebens etwas finden, was sie retten kann…«

Die anderen lachten schallend.

»Kleine, du verstehst es doch immer wieder, die Stimmung zu heben«, prustete Trakil. »Sei's drum, Leute, unsere Arbeit muß getan werden. Der Eigner bezahlt uns, und er gibt uns ausreichend zu essen und zu trinken. Ausgepeitscht wurde auch noch keiner. Demnach haben wir keinen Grund, gegen ihn zu meutern. Tun wir also unsere Pflicht, irgendwann wird er uns aufklären *müssen*.«

Aigolf war sich natürlich darüber im klaren, daß hinter seinem Rücken über ihn geredet wurde. Er konnte es ja selbst kaum glauben, wie nahe er plötzlich seinem sehnlichen Wunsch gekommen war, mit einem Schiff in unbekannte Länder Deres' zu segeln. Er war von Neersand aus gen Osten aufgebrochen, um die Schwefelklippen und die Gebeinküste entlang zu segeln, irgendwann das Schiff zu verlassen und dann das unbekannte Land jenseits der aventurischen Gefilde zu erwandern. Von den Ländern hinter dem Ehernen Schwert an Bornlands Ostgrenze waren manche benannt worden, wie ›Ödlandt‹ und ›Riesland‹, und manche Binnenmeere trugen Namen wie das ›Totenwasser‹ und das ›Meer der Schatten‹. Doch diese Bezeichnungen rührten mehr von Legenden, Gerüchten und Erdichtetem her. Wirklich dort gewesen und zurückgekommen war vermutlich noch niemand. Die Küste zog sich bis weit in den Süden hinab und verlief sich dort zwischen dem Perlen- und dem Nebelmeer in einem Labyrinth von Inseln, ähnlich den Waldinseln hinter Altoum, nur größer als jene. So war es auf den alten Karten zu sehen, wenngleich noch keines Menschen Fuß diese Inseln je betreten haben mochte. Irgendwo auf halbem Weg zwischen den Inseln und dem Ehernen Schwert wollte Aigolf von Bord gehen. Die *Prinzessin* mußte er dann zurückschicken, denn ihm war klar, daß ihn keiner begleiten und daß niemand auf ihn warten würde. Das kümmerte ihn auch nicht weiter, denn er ging nicht davon aus, daß er in seinem Leben noch einmal nach Aventurien zurückkehren würde. Dafür lag eine allzu weite Reise vor ihm.

Ein stilles Lächeln huschte über seine sonst so ernsten, markant geschnittenen Züge. Wenn er seinem zwergischen Freund Dorgan, Sohn des Digen, seine Pläne unterbreitet hätte, so hätte dieser vermutlich alles stehen- und liegengelassen und wäre mitgekommen. Aber Dorgan hatte eine Familie zu versorgen, und der Bergkönig hielt große Stücke auf ihn.

Aigolf hatte diese Fahrt von Anfang an allein geplant. Die Erfüllung seines größten Wunsches gehörte nur ihm allein. Niemand konnte je wirklich daran teilhaben. Er fühlte sich dennoch nicht einsam, die meiste Zeit seines Lebens hatte er allein auf Abenteuern verbracht. Gewiß, er hatte Freunde und Familienangehörige, aber jeder ging seiner eigenen Wege. Dem Krieger lag nichts an Seßhaftigkeit oder einer festen Bindung, dergleichen brachte nur Sorgen mit sich. Sein ruheloser Geist war ständig auf der Suche nach etwas Neuem, Unerwarteten. In dieser Hinsicht hatte er nie aufgehört, ein Kind zu sein und zu träumen.

Das Bornland hatte er, nachdem er von der anstehenden Versteigerung der *Prinzessin* erfahren hatte, zum ersten Mal seit mehr als zwanzig Jahren wieder betreten. Er hatte sich jedoch nicht den Hauch der Rührseligkeit gestattet und sich eigens, um keiner Versuchung zu erliegen, in Mendena eingeschifft und war erst an seinem Ziel Neersand wieder an Land gegangen.

Damit will ich abgeschlossen haben, dachte er. Er hob den Kopf, zog sogleich fröstelnd die Schultern zusammen, da sich der Wind plötzlich gedreht hatte und eine frische gischtnasse Bö mit sich brachte. Am Himmel trieben die Wolken geschwind dahin, Schatten und das Licht der schwächer werdenden Sonne wechselten rasch und mühelos wie in einem Spiel.

»He, Trakil«, rief Aigolf zum Vorderdeck, »was hat diese Brise zu bedeuten?«

»Kann ich noch nich sagen, Kapitän«, lautete die Antwort. »Bin hier noch nich so oft gesegelt, genauer gesagt, überhaupt noch nich, aber 's is bekannt, daß es ums Kap Walstein herum schon mal ordentlich bläst.«

»Wird uns die Gegenströmung Schwierigkeiten bereiten?«

»Kommt drauf an, was der genaue Kurs is. In die Flammberger Bucht reinzukommen, is sicherlich kein gemütlicher Ausritt mit 'nem eleganten Zelter, wenn ich das mal so sagen darf.«

Aigolf nickte. Vielleicht wurde es wirklich Zeit, die Mannschaft über sein Vorhaben in Kenntnis zu setzen. Die Leute machten im großen und ganzen einen ordentlichen Eindruck, und da sie um das Kap nun schon fast herum waren, würde der Rückweg schwierig werden.

»Ruf die Mannschaft zusammen«, befahl er. »Ich möchte ihr etwas sagen.«

Die Matrosen und Matrosinnen ließen natürlich nicht lange auf sich warten, dazu waren sie viel zu neugierig. Vermutungen schwirrten durch ihre Köpfe, auf welch wichtiger Fahrt sie unterwegs waren, möglicherweise im geheimen Auftrag Ihrer Hoheit, der Adelsmarschallin selbst. Aigolf Thurannson hatte sich die ganzen Tage über so schweigsam und zurückgezogen verhalten, daß alle Möglichkeiten offenstanden.

»Ich brauche nicht viel Worte«, sprach der Kapitän in die atemlose Stille, die ihn umgab. »Wir sind auf dem Weg nach Osten, bis zu den letzten bekannten Ausläufern der Gebeinküste. Dort werdet ihr mich an Land setzen und den Heimweg ohne mich antreten. Wenn ihr eure Sache gut macht, dürftet ihr dabei keine Schwierigkeiten bekommen. Ihr werdet von mir ein Dokument erhalten, in dem ich Trakil das Kommando übergebe und euch allen die *Prinzessin* übereigne. Damit könnt ihr, wenn ihr weiterhin zusammenhaltet, einen kleinen Handel aufbauen. Natürlich könnt ihr das Schiff auch verkaufen und den Gewinn aufteilen. Das liegt ganz bei euch. Doch bis zu meinem Ziel untersteht ihr ausschließlich meinem Befehl, und ihr erhaltet das Dokument auch erst nach der Landung. Das wäre alles.«

Die Mannschaftsleute waren so verblüfft, daß ihnen der Mund offenstand. »Das ... das ist doch nich Euer Ernst«, stotterte Trakil dann. »Ihr wißt doch, daß noch keiner aus dem Osten zurückgekehrt is!«

»Dann werdet ihr eben die ersten sein«, erwiderte Aigolf gelassen. »Ich sehe keinen Grund, der dagegen spricht. Das Meer wird weiterhin das Meer sein, und wenn wir der Küste nicht allzu fern bleiben, dürften auch Stürme keine große Rolle spielen. Und sollte der Wind einmal gegen uns sein, haben wir immer noch die Möglichkeit, zu kreuzen und irgendwo vor Anker zu gehen, um neue Vorräte aufzunehmen. Keinesfalls ist es eine

Fahrt ins Ungewisse – zumindest nicht für euch. Bei mir ist das etwas anderes, aber ich gehe ja auch allein.«

»Bei allem Respekt, Herr, aber das erscheint mir reichlich ... gewagt ...«, stieß der Steuermann hervor. Verrückt, hatte er eigentlich sagen wollen.

Aigolf seufzte hörbar. »Es war mir klar, daß ich nur mit feigen Memmen rede, denn eine bessere Mannschaft konnte ich mir nicht leisten. Also schön, kehren wir um. Ich werde im Kapitänshaus erzählen, daß ihr nicht für größere Fahrten angeheuert werden solltet, weil euch das zu gefährlich ist. Ein wenig Kreuzen im Golf von Perricum oder in der Bucht von Al'Anfa, das ist das Richtige für euch.«

Er grinste unwillkürlich, als ein aufgeregtes Gemurmel einsetzte und finstere Blicke zum Steuermann hin geworfen wurden.

»Augenblick mal!« schrie der Erste Maat. »Das haben wir doch nie behauptet! Wir sind weder feige, noch scheuen wir das Risiko! Trakil wollte Euch doch nur auf die möglichen Gefahren hinweisen, da Ihr ...«

»Was?« unterbrach ihn Aigolf scharf. »Da ich keine Erfahrung habe auf See, ist es das? Nur weil ich der Eigner bin und dem Steuermann die Arbeit überlasse? Hör zu, du Süßwassermakrele, ich bin schon als Kapitän zur See gefahren, als du noch nicht einmal laufen konntest! Aber ich bin zugleich der Eigentümer der *Prinzessin*, und daher sehe ich keine Veranlassung, die gesamte Arbeit allein zu verrichten! Oder wollt ihr eure Feigheit jetzt auch noch hinter eurer Faulheit verstecken? Trakil! Setz mein Schiff auf Gegenkurs, zurück nach Neersand. Dort heure ich eine Mannschaft an, die es wert ist, Efferds Heilige Gefilde zu befahren! Doch glaubt nicht, daß ihr auch nur einen Kreuzer dafür erhaltet!« Daraufhin drehte er sich um und verschwand mit eiligen Schritten in seiner Kajüte unter Deck.

Die Mannschaft blieb betroffen und erschrocken zurück, bald setzte eine lebhafte Diskussion ein über die

Schande, wenn sie umkehrten, die verlorene Heuer, über Meuterei und alles mögliche. Schließlich machte sich Trakil auf den Weg zur Kapitänskajüte und klopfte an die Tür. Nachdem ein schroffes »Herein!« erklungen war, trat er zögernd ein.

Aigolf wandte sich von seinen Karten, die er auf dem Tisch ausgebreitet hatte, zu ihm um. »Nun?«

»Wir sind keine Hasen, Herr«, sagte Trakil. »Wenn's erlaubt ist, wir würden den Kurs gern beibehalten. Und es war auch ganz bestimmt keine Meuterei, wir haben doch nur gemeint…«

»Wenn ihr euch einig seid, soll's mir recht sein«, winkte Aigolf barsch ab. »Ich bin nicht nachtragend – diesmal. Das nächste Mal setze ich euch alle in einem Beiboot aus, verlaßt euch drauf. Ich denke auch, daß der Gedanke an das Dokument, das ich euch versprochen habe, euren Willen beflügelt hat. In Zukunft erwarte ich aber, daß du deine Männer und Frauen im Griff hast, Trakil. Das ist alles.« Er nickte dem Steuermann zu und wandte sich wieder den Karten zu.

Zufrieden nickte er noch einmal, als er die Tür leise klicken hörte. Die Mannschaft würde nun spuren. Gewiß, die *Prinzessin* war nur ein kleiner Segler und nach den vielen Jahren nicht mehr besonders gut in Schuß, aber sie war ein gutes Schiff, das herzurichten sich lohnen würde. Aigolf kannte die *Prinzessin* noch heute besser, als es die Mannschaft je tun würde, von damals, aus einer glücklicheren Zeit. Der Aufwand, dieses Schiff in die Hand zu bekommen, war kein geringer gewesen – aber die *Prinzessin* war die Mühe ohne Zweifel wert. Zum ersten Mal seit langer Zeit fühlte Aigolf sich zufrieden, er genoß es, fast den ganzen Tag an der Reling zu stehen, das Meer, das Schiff und die arbeitenden Männer zu betrachten.

Ruhe und Frieden waren jedoch mit einem Schlag vorbei, als ein Sturm losbrach. Die ganze Nacht über hatte der Wind stetig zugenommen, und das Meer war unruhig geworden. Das Schiff schaukelte zunächst ohne Schwierigkeiten über die Wogen hinweg, aber gegen Morgen wurde der Wind zu einem tosenden Sturm. Aigolf stand mühsam auf und kämpfte sich an Deck. Sein Magen war einiges gewohnt, aber das ruckartige Auf und Ab machte ihm unter Deck doch mehr zu schaffen, als ihm lieb war.

Draußen herrschte ein seltsames Zwielicht, es war weder ganz dunkel noch wirklich hell. Alles, was Aigolf noch erkennen konnte, waren Schatten und Umrisse. Der Himmel donnerte und krachte über ihm, Blitze zuckten in rascher Folge über die gewaltig aufgetürmten Wolken und färbten sie gelb.

»Was tut ihr da?« schrie Aigolf über das Brausen des Sturms hinweg seinen Leuten zu. Mit knapper Not fand er einen Halt, als eben ein hoher Brecher über das Schiff schlug, das sich bedenklich zur Seite neigte, sich dann jedoch tapfer wieder aufrichtete. Aigolf schnappte nach Luft – er war bis auf die Knochen naß – und stieß einen derben Fluch aus.

»Willst du das Schiff zum Kentern bringen, Trakil?« brüllte er. »Dreh sofort bei!«

»Dann kommen wir aber völlig vom Kurs ab«, schrie der Steuermann zurück, »und wir wissen nich, wohin's uns abtreibt!«

»Du abergläubischer Hund, tu gefälligst, was ich sage!« donnerte Aigolf. »Es ist doch vollkommen unwichtig, wohin es uns treibt, solange wir nicht kentern.«

»Die *Prinzessin* wird nich kentern!«

»Nein, sie wird zerbrechen, du Narr! Sie ist nicht dafür gebaut worden, *gegen* Efferds Zorn zu kämpfen, sondern ihm zu folgen. Sie ist ein *Wellenreiter*, ist dir das nie bewußt geworden? Dreh bei und laß sie ihren Kurs selbst suchen, sie wird sich an die Wellen wie an einen Geliebten schmiegen, du wirst sehen!«

Der Steuermann befolgte widerwillig den Befehl, er widersprach allem, was er gelernt hatte, und doch war es jetzt nicht an der Zeit, sich gegen den Eigner aufzulehnen. Der Sturm steigerte sich zum Taifun, der das schmale Schiff wie eine Spindel herumwirbelte und über die sich immer höher auftürmenden Wogen stieß. Mehr als ein Mann schrie auf, als die *Prinzessin* einen Wellenkamm hinauftanzte, den Bugspriet fast zornig dem Wirbelwind entgegenstreckte, bevor sie in rasender Fahrt in das Wellental hinunterstürzte. Im Unterdeck war ein lautes Krachen zu hören. Aigolf sah einen Matrosen an sich vorüberstürzen, griff nach dem Unglücklichen und erwischte ihn mit knapper Not am Fußgelenk. Gebannt starrte der Kapitän in eine Wasserwand hinein, die rasend schnell näher kam, und erwartete schon das Eintauchen, das das Schiff unweigerlich in tausend Teile zerschmettern mußte. Doch kurz vor dem tödlichen Einschlag schnitt die *Prinzessin* eine Gegenwelle an und warf sich herum.

Festhalten, Luft anhalten, dachte Aigolf, während er den Matrosen näher zu sich heranzog und ihm Halt bot. Das Brüllen des Sturms verschluckte jedes Wort und jeden Schrei.

Das Schiff glitt quer in das Tal hinein, und für einen Moment herrschte tödliche Stille, als sich die Woge über der *Prinzessin* wölbte und den Sturm für zwei Herzschläge ausschloß. Der kleine Segler schien ein Eigenleben zu entwickeln, er raste mit unglaublicher Geschwindigkeit durch das Tal hindurch, um dem Zusammenbrechen der Fluten zu entgehen. Fast wäre es ihm gelungen, der Bug hob sich bereits wieder dem Sturm entgegen, als die Welle zusammenbrach. Diesmal übertönten die Schreie der Männer und das kreischende Bersten von Holz den Taifun. Die Backbordseite tauchte nahezu gänzlich im Meer unter, und die tobende See überspülte das gesamte Deck mit einer wahren Sintflut von Gischt, Tang und Schiffstrümmern. Und doch war die *Prinzessin* noch lange nicht gebrochen, sie richtete sich stolz wieder auf, entkam mit knapper Not der tödlichen Falle und glitt in eine ruhigere Zone des Taifuns hinein.

Für einen Augenblick konnten Schiff und Besatzung Atem holen.

»Bei allen Seedämonen… Ihr habt recht gehabt!« brüllte Trakil, der sich am Ruder festgebunden hatte. »Nie im Leben hätten wir so was überstehen können, wenn die *Prinzessin* nich so'n wunderbares Schiff wär! Ich fahr schon fünf Jahre auf ihr, aber so habe ich sie noch nicht erlebt. Wie konntet Ihr das wissen?«

Aigolf lächelte grimmig. »Ich war dabei, als sie gebaut wurde«, antwortete er. Er versuchte, das Durcheinander zu überschauen und die Schäden abzuschätzen, aber es war zu dunkel. Er erkannte nur Schatten und Umrisse. »Jemand über Bord?« schrie er.

»Wahrscheinlich, Herr, so genau konnten wir das noch nicht feststellen!« rief der erste Maat zurück. »Einige sind unter die herabfallende Takelage geraten!«

»Seht zu, daß ihr die Leute so schnell wir möglich befreit, bevor der Tanz von vorn beginnt! Wir…«

»Herr, seht…!« schrie Trakil mit überschnappender Stimme und deutete zum Vordersteven.

»Efferd, sei bei uns!« flüsterte Aigolf, und er fühlte, wie ihm das Blut aus dem Gesicht wich.

Die *Prinzessin* steuerte genau auf einen gigantischen schwarzen Wellenberg zu, der so hoch aufragte, daß über ihm kein Himmel, keine Wolken, überhaupt nichts mehr außer Wasser zu sehen waren. Dieser Berg wuchs immer noch weiter in Höhe und Breite, so daß er bald den ganzen Horizont einzunehmen schien. In seinem Innern schienen blaue und rote Lichter zu erglühen, zwischen denen fahle Blitze zuckten. Aigolf glaubte, über das Tosen des Sturms hinweg gräßliche Laute zu hören, das gierige Brüllen eines Ungeheuers, das nicht von dieser Welt war.

»Wir sind verloren. Dort kommt der Unaussprechliche, der erst beim Namen genannt werden darf, wenn der Tod nahe ist. In keiner Schrift ist er erwähnt, und doch wissen die Seefahrer des Ostens, daß es ihn gibt.« Der Erste Maat stand neben Aigolf und faßte ihn an der Schulter. »Turgoth, der Blaue Dämon der See, Diener Charyptoroths, Widersacher Efferds, ist uns erschienen.« In seiner Stimme schwang keine Angst mit. Er wußte, daß er in den nächsten Augenblicken sterben mußte, und fügte sich in das Unausweichliche.

Eine seltsame Ruhe überkam alle, auch die Fahrt des Schiffes wurde gleichmäßiger. Der Sturm zog sich geradezu zurück, wie um den letzten Schlag zu beobachten. Trakil hatte erwogen, beizudrehen, aber die riesige Flutwelle war schon zu nahe. Das Schiff war umringt von Wasserwänden, bis in den Himmel ragten sie hinauf. Ein Entkommen war unmöglich.

»Wenn es denn sein soll!« rief der Steuermann. »Schließt euren Frieden mit Efferd, dem Launenhaften, und dankt ihm für seine Gnade, die er uns bisher auf allen Fahrten erwiesen hat. Und Efferd gefällt es diesmal, uns untergehen zu lassen, denn er läßt Turgoth gewähren und erhört unsere Gebete nicht. So hat das Schicksal es bestimmt, und so gehen wir ein in seine Heiligen Gefilde.«

Aigolf kämpfte sich zum Unterdeck und in seine Kajüte vor. Es gefiel ihm nicht, sich in etwas fügen zu müssen, aber er hatte keine Wahl. Er befand sich auf hoher See, und es gab keine List, keinen Gegner, den er hätte niederstrecken können. Noch nie hatte er sich in einer derartigen Lage befunden, immer hatte er einen Ausweg gefunden. Doch er rang seinen Zorn und den Schmerz nieder, die ersehnten fremden Länder nie zu Gesicht bekommen zu haben. Nun, da alles zu Ende war, mußte er sich dem Schicksal stellen, ohne unnütze Gedanken an die Vergangenheit oder Trauer über verlorene Träume.

Dennoch, wenn er schon sterben sollte, dann als Krieger in diesem seinem letzten Kampf. Mit fliegenden Fingern zog er seine Beinkleider, sein bestes Hemd und seinen Waffenrock an, legte den Kapuzenmantel um die Schultern und schloß ihn mit dem zur Schließe umgearbeiteten Rondra-Amulett. Dann umschnürte er die kniehohen Stiefel bis zu den Oberschenkeln hinauf mit Fell, gürtete sich mit den Schwertern, steckte den Born-Dorn und sein Lieblings-Jagdmesser an den breiten Gürtel. So gerüstet, kehrte er auf Deck zurück und stellte sich dem Seedämon, dessen gewaltige blauschimmernde Umrisse in den wogenden Wellen über ihnen nunmehr gut sichtbar würden.

Aigolf hob die Arme und stieß einen Kampfschrei aus, so laut er konnte, dann lachte er wild auf.

Die Flutwelle hatte die *Prinzessin* erreicht.

2. Kapitel

Efferds Gesandte

Das erste, was Aigolf Thurannson zu Bewußtsein kam, war Schmerz. Schmerz in jeder Faser seines Körpers, stechend in Armen und Beinen, dumpf im Kopf und brennend in der Brust.

Dann begriff er, daß er noch lebte: An Rondras Tafel zu sitzen, in deren Mond der Krieger geboren war, im Kreise von Helden und alten Freunden, konnte niemals mit diesem unsagbaren Schmerz verbunden sein.

Mühsam öffnete er die salzverkrusteten Augen und kniff die Lider gleich wieder zusammen. Es war heller Tag und die See ruhig. Die Sonne schien wärmend herab.

»Sehr gut.« Beide Augen waren ihm geblieben. Er sah zwar ein wenig verschwommen, aber das lag sicherlich an dem hämmernden Pochen in den Schläfen, das ihm das Gefühl gab, ein Amboß zu sein, der mit einem glühenden Hammer bearbeitet wurde. Auch fühlte er, daß beide Hände da waren und lebendig, denn sie umklammerten irgend etwas, wahrscheinlich ein Stück Holz. Vorsichtig spannte er die Beinmuskeln an, was ihm ein schmerzliches Stöhnen einbrachte, aber auch die Gewißheit, noch im Besitz von Beinen und Füßen zu sein. Er lebte also noch, dank Efferds Güte; er atmete durch Mund und Nase, sah und hörte, und sein Körper schien noch aus einem Stück zu bestehen, wenngleich auch manches ein wenig angeknackst sein mochte. Er lag mit dem Oberkörper auf ein paar Decksplanken, die Beine hingen im Wasser, und augenscheinlich trieb er hilflos mitten im Meer. Doch das war jetzt nicht wichtig. Jetzt mußte er zuerst die Beine aus dem Wasser bringen, bevor möglicherweise noch Haie aufmerksam wurden.

Leichter gesagt als getan. Aigolf brüllte wie ein verwundeter Stier, als er den ersten Versuch unternahm, dann blieb ihm die Luft weg, als ihm die Qual wie ein weißglühender Pfeil durch seine Brust raste. Er keuchte und rang nach Luft, vor seinen Augen tanzten gelbe und weiße Sterne. So war es nicht möglich!

Er stieß seine beliebtesten und derbsten Flüche aus – allerdings nicht zu heftig, um die gebrochenen Rippen nicht wieder zu reizen. Danach fühlte er sich besser und versuchte es erneut. »Geduld! Nichts drängt dich. Laß das Blut hinabfließen, deine Gedanken! Konzentrier dich nur auf das Bein! Sink hinab, geh tief hinein und spür das Spiel der Muskeln! Überwinde den Schmerz, er macht dir nur bewußt, daß dein Körper lebt, daß alles in dir empfindungsfähig, ein Teil des Ganzen ist, das du beherrschen kannst und mußt.«

Aigolf schloß die Augen und murmelte leise alte Lehren vor sich hin, wie er es immer getan hatte, wenn ihm die Kräfte zu schwinden drohten. Er war schon oft in ähnlichen Situationen gewesen und hatte jedesmal überlebt. So würde es auch diesmal sein, daran zweifelte er nicht. Er durfte nur nicht ungeduldig werden. Im Augenblick drohte keine unmittelbare Gefahr, der er sich stellen mußte.

Langsam unternahm er den nächsten Versuch, atmete tief und gleichmäßig ein und stieß den Schmerz mit einem beabsichtigten Stöhnen aus. Das rechte Bein hob sich zusehends aus dem Wasser; das vollgesogene Fell erschwerte die Bemühungen sehr, und er fluchte erneut. Warum hatte er sich auch so vollpacken müssen? Aber er war davon ausgegangen, daß er mit dem Schiff untergehen und wie ein Stein hinabsinken würde, bevor die

Panik des Ertrinkens ihn überkommen konnte. Weshalb es anders gekommen war, wußte er nicht mehr.

Alles, woran er sich erinnern konnte, war der Augenblick, als das Wasser über das Schiff hereingebrochen war. Er hatte das triumphierende wilde Brüllen eines nichtmenschlichen Wesens vernommen, und irgend etwas war gegen ihn geprallt. Er war gestürzt, die Flutwelle hatte ihn erfaßt und mit sich gerissen. Er war zuerst in den Sog nach unten geraten, dann nach oben geschleudert worden, zusammen mit splitternden Schiffsplanken, Rahen, Tauen und Wanten hinaus aus dem Wasser, und hatte blindlings um sich gegriffen. Seine rechte Hand hatte irgend etwas zu fassen bekommen und sich verzweifelt daran festgeklammert, bis er wieder hinabgerissen und dann erneut hochgeschleudert wurde. Schließlich hatte ihn etwas am Kopf getroffen ...

Rondra, dachte er, gelobt seist du, göttliche Löwin, daß du ein gutes Wort bei Efferd für mich einlegtest. Und Efferd, Dank sei dir, daß du mir noch einmal das Leben schenktest!

Aigolf betastete sich den Kopf und stellte überrascht fest, daß er noch immer den Helm trug. Er löste den Halteriemen und stieß den schweren Kopfschutz auf die Planken. Dann nahm er noch einmal alle Kraft zusammen. Endlich seufzte er erleichtert, als er das rechte Bein auf die Planke geschwungen hatte, und zog sofort das linke Bein nach. Dann rollte er sich auf den Rücken, jämmerlich stöhnend vor Schmerz, und ihm wurde schwarz vor Augen.

Sein Zweihänder, der *Feuerdorn*, drückte ihm in den Rücken, aber darüber war er nicht unglücklich: Solange er seine Waffen noch besaß, war alles gut. Es war doch gut gewesen, daß er sich gerüstet hatte. So war er vor schweren Verletzungen bewahrt geblieben. Soweit er feststellen konnte, hatte er keine offenen Brüche oder klaffende Wunden davongetragen. Auf dem Helm entdeckte er eine flache Delle. Offenbar hatte das gute Stück wieder einmal eine schlimme Verletzung verhütet. Aigolf lachte krächzend, dann spürte er, wie ihm übel wurde. Er schaffte es gerade noch, sich zur Seite zu drehen und eine beachtliche Menge Salzwasser von sich zu geben. Das Würgen kostete ihn so viel Kraft, daß er erneut das Bewußtsein verlor.

Das nächste Erwachen war nicht angenehmer, im Gegenteil. Aigolf brauchte eine ganze Weile, bis er überhaupt etwas erkennen konnte. Seine Glieder waren vollkommen steif, und der Schmerz brannte wie Feuer in jeder Faser. Seine Augen waren dick verschwollen, und als er das Gesicht abtastete, war er froh, keinen Spiegel zur Hand zu haben. Wahrscheinlich war er nicht nur im Gesicht, sondern am ganzen Körper blau und geprellt. Dennoch zwang er sich, sich aufzusetzen. Er mußte endlich feststellen, ob außer den Rippen noch etwas gebrochen war. Aber das war gar nicht so einfach: Alles tat ihm weh, und seine Glieder fühlten sich wund und geschwollen an. Doch allein die Tatsache, daß er sich überhaupt bewegen konnte, erfüllte ihn mit Erleichterung. Nein, sonst war ihm außer ein paar Prellungen nichts geschehen. Ein wahres Wunder – wenn auch nur ein schwacher Trost.

Er war völlig allein, irgendwo auf hoher See. Er wußte nicht, was aus der Besatzung der *Prinzessin* geworden, ob er der einzige Überlebende war. Wieder einmal hatte sich die Überlieferung bestätigt, daß keiner aus dem Osten zurückkehrte. Doch Aigolf sah keinen Sinn darin, sich in Selbstvorwürfen über den Tod der Mannschaft zu ergehen. Er wußte, daß er eine schwere Schuld auf sich geladen hatte, doch Zeit zur Reue hätte er später noch genug, wenn er erst gerettet wäre. Ja, wenn …

Allmählich durchdrang ein neuer Gedanke den Nebel in seinem Verstand. *Noch* lebte er, aber wie lange? Er brauchte Wasser und Nahrung – vor allem Wasser und kräftigende Speisen, wenn er sich rasch erholen wollte. Hoffnung, daß ihn hier jemand auffischte, bestand nicht.

Sehr selten einmal verirrte sich ein Schiff hierher – wo auch immer dieses *Hier* sein mochte. Er hatte keine Ahnung, wie weit er abgetrieben worden war. Selbst wenn er zur Zeit in Richtung Land treiben mochte – möglicherweise in Richtung auf die Flammberger Bucht –, wäre er längst verdurstet, bevor er die Küstenlinie auch nur ausmachen konnte.

Mit zitternden Fingern rieb er sich die salzverkrusteten Augen und blinzelte umher. Wenn er nur nicht alles so verschwommen gesehen hätte! Er mußte sehr lange auf etwas schauen, bevor er es einigermaßen deutlich sah, und brauchte dann noch einige Zeit, bis er *begriff*, was er sah. Er hockte auf einem Stück Deck, in dem eine abgebrochene Rahe steckte, mit ein paar Tauen und einem Segeltuchfetzen daran. Sonst gab es ringsumher nur die weite See.

Die *Prinzessin* war dahin, auf immer. Wieder war ein Stück Vergangenheit zerbrochen und gestorben, zusammen mit einer ganzen Mannschaft. Sosehr er es sich auch einreden mochte, es war niemals vorbei, niemals abgeschlossen. Schmerz und Schuldgefühle trieben ihm die Tränen in die Augen, aber auch diesmal nur für kurze Dauer. Für ihn zählte jetzt nur eines: Überleben.

Suchend sah er sich um. Wenn es ihm gelänge, eine Planke vom Rand seines kleinen Floßes abzubrechen und sie als Paddel zu benutzen, hätte er geringe Aussichten, Land zu erreichen. Solange Wetter und Strömung mitspielten, natürlich. Am besten machte er sich gleich an die Arbeit – das lenkte auch von den Schmerzen ab. Solange er sich noch am Leben fühlte und sich bewegen konnte, würde er versuchen, dem Tod zu entrinnen. Rondras Tafel war denen verwehrt, die sich feige selbst aufgaben! Langsam rutschte er über die Planken und mußte erneut feststellen, wie viele Muskeln sein Körper hatte: Jeder einzelne tat ihm weh. Allein für diese wenige Schritt Entfernung brauchte er so lange, daß er sich ausruhen, schlafen mußte. Als er wieder aufwachte, stellte er fest, daß der

Nachmittag bereits angebrochen war und er sich beeilen mußte, wollte er vor Anbruch der Dunkelheit noch etwas zu Wege bringen. Er krümmte unter Schmerzen die Finger: Seine Hände waren dick angeschwollen, steif und ungelenk, aber nach einiger Zeit hatte er wenigstens so viel Gefühl darin, daß er das Brett umgreifen konnte. Erschreckt mußte der Krieger feststellen, wie schwach er bereits war. Selbst wenn er sich sammelte und sich keuchend eine einzige ruckartige Bewegung abverlangte, vermochten seine Muskeln nicht mehr auszurichten als die eines Knäbleins. Wenn er nur etwas zu trinken gehabt hätte! Sein Hunger hielt sich noch in Grenzen... Oh, er würde jämmerlich verdursten wie ein verirrter Wanderer in der Wüste Khom!

Aigolf Thuransson, dachte er zornig, reiß dich gefälligst zusammen! Was nennst du dich Krieger, wenn du gleich bei der ersten Schwäche den Mut verlierst? Übe dich in Geduld! Beweg deine Finger, deine Hände! Du kannst viel erreichen, auch ohne Muskelkraft, nämlich mit Geschicklichkeit und dem richtigen Griff. Du schaffst es. Gib jetzt nur nicht auf, sonst waren alle deine Träume nur eine Lüge!

Wasser klatschte ihm ins Gesicht und riß ihn aus seinem Erschöpfungsschlaf. Er kniff die Lippen zusammen, damit ihm kein Meerwasser in den Mund dringen konnte, doch dann stellte er fest, daß das Wasser nicht salzig schmeckte. Er riß die Augen auf, sah sich um: Regen prasselte auf das Floß, ein wahrer Wolkenbruch! Dankbar öffnete Aigolf den Mund so weit wie möglich und ließ die schweren Tropfen hineinspritzen. Mit einer Hand zog er den Helm heran und drehte ihn mit der Öffnung nach oben. »Efferd, ich danke dir«, murmelte er immer wieder, während er das köstliche Naß schluckte und aus den Augenwinkeln beobachtete, wie sich die Helmschale zusehends füllte.

Nach etwa einer Stunde ließ der Regen nach und versiegte schließlich ganz. Aigolf setzte sich so aufrecht hin wie nur möglich. Dann rief er sich ins Gedächtnis, was man ihn gelehrt hatte: daß man nur dann Herr seines Körpers ist, wenn man jeden Muskel, jedes Stück Haut am Leibe spürt. Dabei soll es dem guten Krieger gleichgültig sein, ob sein Leib ihn mit warmem Wohlgefühl locken will, wie es nach maßvollen Übungen auftritt, oder ihn mit scharfem Schmerz zu schrecken versucht. Ja, es heißt sogar, den Schmerz zu überwinden und aus ihm neue Kraft zu schöpfen, sei der Göttin wohlgefälliger, als einer Verwundung aus dem Wege zu gehen, denn letzteres berge Feigheit. Aigolf blickte seine geschwollenen Finger an. Warum sollte für diese Glieder nicht gelten, was für jeden Muskel gilt, der durch Anstrengung zerschunden ist? »Biegen, bis es knirscht, und darüber hinaus …«, murmelte er wütend, verschwendete keinen Gedanken an den Schmerz und machte sich daran, seinen Händen neues Leben einzuhauchen. Es war bereits dunkel, als das Tastgefühl allmählich in seine Fingerspitzen zurückkehrte und er den Eindruck gewann, daß die Schwellung langsam nachließ. Am nächsten Morgen konnte er sich wohl an die Arbeit machen. Erschöpft lehnte sich Aigolf an den Rest der Rahe und schloß die Augen.

Er erwachte erst am Morgen wieder. Der lange Schlaf hatte ihm gutgetan, er nahm einen Schluck von dem Wasservorrat in seinem Helm und fühlte sich tatsächlich ein wenig besser – aber so kam ihm das flaue Gefühl im Magen erst recht zu Bewußtsein.

Vorsichtig setzte er sich auf und machte sich daran, das Stück Decksplanke mit dem Borndorn von den anderen Brettern zu trennen. Er brauchte – von Schmerzen und Schwächeanfällen geschüttelt – den ganzen Tag dazu, aber schließlich hielt er zufrieden ein langes schmales Brett in der Hand, das er am Griffende nur noch ein wenig abrunden mußte.

Inzwischen hatte er sich mit Hilfe des Sonnenstandes

ein wenig orientieren können, wußte nun, wo Norden war, und daß dort irgendwo das Festland liegen mußte. Wenn er zu Flutzeiten die landwärtige Strömung nutzte, mochte sein lächerliches Paddel vielleicht doch etwas bewirken...

Über diesen Gedanken schlief er ein und erwachte frohen Mutes am dritten Morgen nach dem Sturm. Das Festland mochte mit der nächtlichen Flut bereits ein wenig näher gerückt sein. Er begann sein ›Tagwerk‹ mit den Körperübungen, soweit er sie fertigbrachte. Die Schwellungen waren über Nacht noch stärker geworden, und er hatte das Gefühl, als werde sein Kopf bald auseinanderplatzen. Aber er konnte seine Hände gebrauchen, und das war das wichtigste. Er lehnte sich gegen die Rahe und griff nach dem selbstgefertigten Paddel.

Zunächst ließ er das Holzstück ein wenig durch das Wasser streifen, zog es dann heraus und unternahm den ersten Versuch. Etwas zerbarst in seiner Brust, trieb ihm glühende Pfeile in den Kopf und verschlug ihm die Stimme. Er brachte nur ein ersticktes, rasselndes Keuchen hervor, und Tränen schossen ihm aus den Augen. Er schaffte es gerade noch, das Holzstück auf das Floß zu ziehen, dann lehnte er halb besinnungslos an der Rahe. Nach einer Weile spürte er, wie sich sein leerer Magen zusammenkrampfte, und er übergab sich würgend, worauf ein rauher Hustenanfall folgte, der die Pein fast zur Raserei trieb. Als er sich, vornübergebeugt, abstützen wollte, knickten ihm die Arme ein, er schlug mit dem Kopf auf die Planken und verlor das Bewußtsein.

Hand treibt im Wasser.

Ein Gedanke, der sich plötzlich einschlich in das wallende Chaos aus roten und schwarzen Spiralen, die Aigolf immerfort in sich einsogen. *Sein* Gedanke? Wohl doch. Er erwachte. Obwohl es kaum einen Unterschied zwischen Wachen und Schlaf mehr gab, der Schmerz war stets derselbe, verfolgte ihn bis in die Träume, beherrschte sie. Soll sie doch treiben, dachte etwas anderes in ihm, als hätte er sich geteilt. Hat alles keinen Sinn mehr. Kann nicht paddeln. Muß sterben.

Hand treibt im Wasser. Etwas bei Hand. Vielleicht Hai. Nimm Hand aus dem Wasser!

Aigolf öffnete blinzelnd ein verschwollenes Auge. Er lag noch so verkrümmt, wie er gefallen war. Seine rechte Hand trieb im Wasser, und *da war tatsächlich etwas an ihr.* Erschrocken zog er die Hand zurück und stemmte, von erbarmungslosen Schmerzen verfolgt, mühsam den Oberkörper hoch, beugte sich über das Wasser. Er starrte in ein großes, sanftes, dunkles Auge knapp unter der Wasseroberfläche. Ein scharfzahniges langes Maul erhob sich aus dem Wasser und stieß einen seltsamen Quietschlaut aus.

»Beim Herrn der Gezeiten!« stieß Aigolf hervor und erschrak vor der eigenen heiser und fremd klingenden Stimme. »Ein Delphin! Efferd hat mir einen Boten gesandt!«

Der Delphin tauchte weg, sprang einige Schritt vom Floß entfernt aus dem Wasser, keckerte, quiekte und sank platschend zurück. Dann kam er wieder heran, schob den Kopf über die Planken, musterte Aigolf zutraulich, neugierig und leise quietschend.

Der Bornländer war so verwirrt, daß er nicht wußte, was er tun sollte. Sein Herz klopfte heftig vor Freude, nicht mehr allein zu sein, gleichzeitig hatte er Angst, das Tier durch eine falsche Bewegung zu verjagen. Er wußte, daß Delphine die Boten Efferds waren, des launischen Herrn der Meere, daß sie gerne Schiffe begleiteten und Menschen gegenüber sehr freundlich waren, aber er konnte es kaum fassen, daß ein solcher Bote den Weg zu ihm, dem Einsamen, gefunden hatte.

»Bist du allein?« flüsterte er. Ob der Delphin ihn verstand oder nicht, war gleichgültig. Wenn er nur mit jemandem reden konnte. Das Tier schien ihn zu verstehen, denn es nickte und keckerte. Dann tauchte es wieder ab. »Warte!« flehte Aigolf. Der Ausruf wurde sogleich mit einem peinigenden Hustenanfall bestraft, und er krümmte sich stöhnend zusammen.

Als er sich wieder etwas erholt hatte und es wagte, sich langsam aufzurichten, sah er unglücklich auf das Wasser, das ihm einst ein guter Freund gewesen war. Die Luft war kühler geworden, aber nach wie vor schien die Sonne wärmend herab. Vielleicht ein guter Tag zu sterben, mit der Erinnerung an einen Delphin, einen Gesandten des Meergottes, der in den letzten Augenblicken bei ihm gewesen war.

Aigolf fuhr zusammen, als ihm klatschend etwas ins Gesicht schlug, gefolgt von zwei weiteren Platschern auf den Planken. Als er zugriff, fühlte er geschmeidige Glätte und Feuchtigkeit. »Ein Fisch!«

Im Wasser keckerte der Delphin und vollführte Kapriolen. So sehr schien er sich über das verblüffte Gesicht des Menschen zu freuen. Neben Aigolf auf den Planken lagen zwei weitere silberne Fische, die noch zappelten. Er hatte etwas zu essen! Er zog sein Jagdmesser, tötete die Fische, teilte einen von ihnen, befreite die Hälften hastig von Eingeweide, Schuppen und Gräten und schlang dann gierig das saftige rohe Fischfleisch in sich hinein. Die ganze Zeit über beobachtete ihn der Delphin, quietschte leise und drehte sich immer wieder wie im Tanze anmutig in den Fluten.

Aigolf hatte erst wieder Zeit, sich zu bedanken, als er auch den zweiten Fisch und eine Hälfte des dritten verspeist hatte. Es war ihm gleichgültig, ob dieses Mahl ihm bekam. Er wußte nur, daß er die Stärkung nötig hatte. Er hielt dem Delphin die übriggebliebene Fischhälfte hin. Dieser kam zum Floß, nahm das Stück vorsichtig aus der menschlichen Hand und verschlang es. Dann legte er den Kopf mit dem langen, glitzernden Schnabel auf die Planken und sah Aigolf wieder mit diesem seltsam zärtlichen Blick an. Der Mann beugte sich vor und strich vorsichtig über die nasse Haut. Sie fühlte sich kühl und rauh an – der Delphin gab seltsam knisternde Geräusche von sich.

»Dank sei Efferd!« flüsterte Aigolf. »Du hast mich gerettet. Ohne dich wäre ich verloren gewesen.«

Der Delphin drückte die runde Schnabelspitze in Aigolfs Hand und quiekte ganz leise, wie ein ganz junges Ferkel. Seine dunklen Augen schimmerten, und der Mann auf dem Floß versank in diesem fremden Blick. Nach einer Weile schob sich ein anderes Bild vor das des Delphins, und Aigolf sah das hochwangige edle Gesicht einer hellhäutigen, fast grünlich schimmernden Frau, die ihn anlächelte. Ihm wurde schwindlig, er blinzelte und schüttelte den Kopf. »Mußt du nicht zu den Deinen zurückkehren?« fragte er.

Der Delphin stieß wieder seine Hand an und schloß die Augen.

»Wahrscheinlich hast du gar keine Familie«, murmelte Aigolf. »Sonst wärst du doch nicht allein, nicht wahr? Soll ich dir einen Namen geben? Ich bin Aigolf. Und dich nenne ich … Ja, was bist du eigentlich, Männchen oder Weibchen?« Dann mußte er über sich selbst lachen, zuckte vor Schmerzen zusammen und lächelte mit zusammengebissenen Zähnen. »Ist doch ganz gleichgültig«, fuhr er fort. »Nach dem Bild, das ich eben gesehen habe, nehme ich einfach an, daß du ein Mädchen bist. Ich hoffe, ich beleidige dich nicht damit, wenn ich dich *Delora* nenne.«

Der Delphin stieß sich vom Floß ab, daß es schaukelte, tauchte unter und schoß dann pfeifend wie ein blaugrün gleißender schlanker Pfeil hoch aus dem Wasser. Er tauchte senkrecht wieder hinein, schlug platschend mit der Schwanzflosse auf die Oberfläche und schwamm zurück zum Floß.

»Das fasse ich als Einverständnis auf«, sagte Aigolf mit einem schiefen Lächeln. Das geschwollene Gesicht tat ihm weh, aber sein Durst war nun erträglich, sein Magen war voll, er hatte das Essen bei sich behalten, und wenn

Delora ihn weiterhin versorgte, würde er rasch wieder zu Kräften kommen. Er würde es schaffen!

In der Nacht fiel wieder Regen, und Aigolf stellte hastig den Helm auf, um so viel Wasser wie möglich aufzufangen. Obwohl er völlig durchgeweicht wurde und in der kühlen nördlichen Luft erbärmlich fror, genoß er es, vom Salz befreit zu werden, innerlich wie äußerlich. Er ließ das Regenwasser mit geöffnetem Mund in sich hineinlaufen, bis ihm der Nacken steif wurde. Delora blieb die ganze Zeit bei ihm, Aigolf hörte von Zeit zu Zeit das Prusten, wenn sie den Atem ausstieß. Erst weit nach Mitternacht schlief der Schiffbrüchige endlich ein und erwachte zähneklappernd am nächsten Morgen. Der Himmel war bedeckt, und Aigolf wünschte sich, ein Feuer entfachen zu können. Er wrang seinen Umhang aus und hängte ihn an der Rahe auf. Sobald er getrocknet war, würde er ihn wieder einigermaßen warmhalten. Dann machte er sich an die schmerzhafte Arbeit, den Rest seiner Kleidung auszuziehen. Erschrocken betrachtete er seinen geschundenen Körper. »Was ist nur aus mir geworden?« murmelte er und schüttelte den Kopf.

Später genoß er die zweite Fischmahlzeit, die die Delphinin ihm verschafft hatte, und streichelte anschließend dankbar Deloras Kopf. Es tat ihm gut, eine Freundin bei sich zu haben.

Gegen Mittag drang die Sonne durch die Wolken, und Aigolfs Frösteln ließ endlich nach. Die Kleidung trocknete rasch, und er konnte sich nach und nach wieder anziehen. Schließlich unternahm er einen zweiten Versuch zu paddeln, mußte aber erneut einsehen, daß er noch nicht soweit war. Aber Delora schien zu begreifen, was er beabsichtigte, denn sie versuchte, das Floß zu schieben.

Aigolf sah ihr überrascht dabei zu. Plötzlich kam ihm eine Idee. Einige der Taue, die noch an der Rahe hingen, konnten ihm gute Dienste leisten. Er brauchte bis zum späten Nachmittag – neugierig von Delora beobachtet –, dann hatte er es geschafft. Er ließ eine Schlaufe ins Wasser hängen und deutete darauf. »Versuch's einmal damit, mein Mädchen. Ziehen müßte leichter sein als schieben.«

Der Delphin musterte die große Tauöse, schob den Schnabel von unten hinein, nahm das Tau zwischen die Zähne und begann zu ziehen. »Das ist es!« jubelte Aigolf. »Delora, ich könnte dich küssen!«

Es bereitete dem Delphin anscheinend keine große Mühe, das sperrige Gebilde aus Balken und Planken hinter sich herzuziehen. Delora ließ nicht nach, als Aigolf einschlief, und wurde erst langsamer, als sie bemerkte, daß ihr menschlicher Gefährte erwacht war und sie staunend ansah.

»Hast du etwa die ganze Nacht gezogen?«

Die Delphinin wippte heftig mit dem Schnabel auf und ab und vollführte quietschend ihre fröhlichen Kapriolen. Dann tauchte sie ab, um Fische zu fangen.

»Weißt du, wenn du so weitermachst, erreichen wir bald das Land«, stellte Aigolf später mit vollem Mund fest. Dank der Fische kehrten seine Kräfte allmählich zurück, wenngleich er sich noch immer zu schwach zum Arbeiten fühlte. Aber er hatte das Gefühl, daß seine Verletzungen nun endlich heilen konnten, so wie auch das Gesicht merklich abschwoll. »Ich verdanke dir mein Leben«, sagte er sanft. Er lag am Rand der Planken und streichelte Delora, die sich mit sichtlichem Wohlgefallen unter seinen Berührungen wand. Hin und wieder tippte sie ihm vorsichtig mit dem Schnabel an die Wange, so als wolle sie ihn küssen.

So verging die Zeit, und Aigolfs erster Gedanke nach dem Erwachen, Tag oder Nacht, galt Delora. Er unterhielt sich nun lange mit ihr, denn er hatte den Eindruck, daß sie ihn wirklich verstand, so wie er allmählich ihre Gebärden und ihre Laute verstand. Er tat Dinge, die er nie zuvor in Anwesenheit eines Menschen gewagt hatte, er erzählte freimütig von seinem Leben, ja, sogar von seinen Träumen. Der Delphin tanzte für Aigolf durch die Wellen, begleitet von seinem eigentümlichen pfeifenden Gesang, und der Krieger hatte das Gefühl, mit seiner neuen Freundin durch das Meer zu tauchen und eine völlig fremde Welt zu entdecken. Jeder teilte auf seltsame Weise das Leben des anderen, auch wenn sie einfach nur nebeneinander dahintrieben, sich berührend und durch diese leise Berührung eng miteinander verbunden. Manchmal, wenn Aigolf ganz in sein unerwartetes Glück versunken war, kehrte die Vision von einer geheimnisvollen wunderschönen Frau zurück, und der Krieger sah sich neben ihr auf der Planke liegen, fühlte ihre Umarmung und ihre Küsse und hörte, wie sie ihm Zärtlichkeiten ins Ohr flüsterte. Doch das waren wohl nur Fieberträume, Schwächeanfälle, und jedesmal war Aigolf mit einem Schlag wach und riß erschreckt die Augen auf. Sosehr er sich aber auch mühte, durch Konzentration und Selbstbeherrschung einen klaren Verstand zu bewahren, die Visionen blieben, mit der Zeit kamen sie sogar noch häufiger, sie wurden immer deutlicher. Schließlich wurde Aigolf mit Schrecken bewußt, daß er sich in sein Traumbild verliebt hatte und sich nach ihm verzehrte, sobald er wach war. Er versuchte sich zusammenzunehmen, vernünftig zu bleiben, aber die Sehnsucht nach der fremden Frau wurde immer stärker, je häufiger er allein erwachte. Aigolf wurde angst und bange, denn etwas Vergleichbares war ihm noch nie zuvor widerfahren: Sein ganzes Leben lang hatte er Körper und Geist in der Gewalt gehabt, er war stolz auf seinen kühlen, nüchternen Verstand und immer Herr der Lage gewesen, auch wenn diese noch so aussichtslos erschienen war. Und nun benahm er sich närrisch wie so mancher seiner einstigen Weggefährten, der dem Zauber und den Verlockungen mystischer Wesen erlegen und in seinen Untergang gerannt war, ohne daß man ihn davon hätte abhalten können. Aigolf hatte diese Schwächlinge verachtet, weil sie sich von den eigenen Gefühlen zum Narren halten ließen. Niemals war der Krieger den Reizen einer Hexe erlegen, nicht einmal nach dem Genuß von Rauschkräutern. Er hatte sich für unanfechtbar gehalten gegenüber jeglicher Zauberei.

Was war nun mit ihm geschehen? War er wirklich dem Tode schon so nahe, und warum war es dann nicht die göttliche Rondra, die ihm den letzten schönen Traum sandte, sie, der er sein Leben lang gedient hatte, sondern ausgerechnet Rahja, die Beschützerin der Liebe?

Immer wieder versuchte er sich einzureden, daß er träumte, doch die Meerfrau erschien, sobald sich sein Verstand vor Müdigkeit verdunkelte, und dann vergaß er vor Glück alles und gestand ihr immer wieder seine Liebe. Bald fürchtete er sich vor dem Schmerz des Erwachens – wenn er wieder allein wäre, genarrt durch das Traumbildnis. Doch er war ja gar nicht allein. Eines Tages erkannte er, daß Delora da war und mit ihrer hohen singenden Stimme zu ihm sprach, deren Worte er nicht verstand, wohl aber deren Sinn. Er begriff plötzlich, daß sie es war, die in seinen Träumen zu ihm kam, daß sie beide auf geheimnisvolle Weise miteinander verbunden waren. Sie sang von Liebe, und er antwortete ihr.

Aigolf hatte aufgehört, die Tage und Nächte zu zählen. Zeit hatte für ihn völlig an Bedeutung verloren, und so starrte er eines Tages ungläubig auf die ferne dunkle Linie, die Wasser und Himmel voneinander trennte. »Land!« flüsterte er. Er war versucht, laut zu schreien, unterließ es jedoch, um nicht wieder den Schmerz zu erwecken. »Delora, du hast es geschafft! Du hast mich zurückgebracht!«

Die Delphinin tauchte neben ihm auf und gab ein leises Quietschen von sich, das im Gegensatz zu sonst gedrückt, fast traurig klang. Aigolf sah sie betroffen an, dann ließ er sich am Rand des Floßes nieder und legte ihr die Hand auf die hochgewölbte Stirn. »O Delora, Delora«, sagte er leise. »Ich weiß ja. Ich liebe dich auch. Und ich werde dich nie vergessen. Aber wir können nicht zusammenbleiben, sieh das doch ein. Du kannst das Wasser nicht verlassen, und ich kann darin nicht leben.« Sein Blick verschwamm, als er in ihren dunklen Augen versank, und ihm wurde schwindelig wie schon so oft zuvor.

Ich könnte es.

Er sah sie deutlich vor sich, deutlicher als in jeder vorherigen Vision, und vernahm ihre Gedanken in seinem Kopf. *Ja, vielleicht,* antwortete er.

Laß mich mit dir gehen! Für dich nehme ich es auf mich, Efferds Reich des leichten Schwebens zu verlassen. Ich will bei dir sein. Ich liebe dich, Aigolf, und du liebst mich, sonst hättest du mich nicht erkannt und mir meinen Namen gegeben. Mit diesem Namen hast du die Macht, mich mit dir zu nehmen.

Aigolf schloß die Augen. »Ich kann nicht, Delora.«

Die Vision verschwamm. Ein Schluchzen war in ihm, ob ihres oder seines, er wußte es nicht. Wahrscheinlich weinten sie beide.

Warum nicht?

»Dein Element ist das Wasser, mein geliebter, wunderschöner Delphin. Mein Element ist das Feste. Wir können niemals zusammenkommen, niemals glücklich werden. Ich könnte deinen Schmerz nicht ertragen, wenn du für immer aus deiner Heimat verbannt wärst. Die Sehnsucht nach dem Wasser würde dich verzehren. So stark kann keine Liebe sein, glaub mir. Laß uns diese Erinnerung mitnehmen Delora, laß uns einander in unseren Träumen lieben, als wären wir Mann und Frau. Verzeih mir! Aber wir sind zu verschieden. Für uns ist kein Glück bestimmt, sosehr wir es uns auch wünschen mögen.«

Er spürte eine hauchzarte Berührung – ob in seinen Gedanken oder wirklich an seiner Wange, es spielte keine Rolle. Um keinen Preis hätte er jetzt die Augen geöffnet und die Illusion zerstört.

Ich verstehe dich. Es zerreißt mir das Herz, aber ich glaube, du hast recht. Wir beide haben unsere Aufgabe in unserer eigenen Welt zu erfüllen. Ich werde mich fügen und tun, was ich tun muß. Aber ich werde dich niemals vergessen. Ich werde mich binden und Efferd mutige, starke Kinder schenken, und ich werde ihnen von dir erzählen und sie lehren, was du mich lehrtest. Ich werde dich immer lieben, Aigolf, mehr als mein Leben. Und diese Liebe wird mir die Kraft geben, meinem Schicksal zu folgen.

»Ich werde dich auch immer lieben, Delora. In meinem Herzen wirst du allzeit wohnen. Niemals wird es eine Frau geben, die dir gleichkommt. Meine Liebe zu dir wird unsterblich sein ...« *Leb wohl, Aigolf!*

»Leb wohl, Delora. Ich schulde dir ein Leben.«

Als Aigolf die Augen öffnete, sah er eine grünlich schimmernde bleiche Gestalt über dem Wasser schweben, die der Frau seiner Visionen glich. Sie winkte und versuchte zu lächeln, obwohl ihre Augen weinten. Dann verlor er das Bewußtsein.

3. Kapitel

Der Gestrandete

Aigolf erwachte durch eine Berührung an seiner Schulter. Er versuchte sich aufzurichten, aber sein Körper gehorchte ihm nicht. Es gelang ihm kaum, die Augen zu öffnen und zu begreifen, was er sah. Kein Holz, keine Planken. Nichts um ihn herum schaukelte. Er lag auf dem Bauch im Sand an irgendeinem Strand. Mühsam schaffte er es, den schweren Kopf zu heben. Wenigstens sah er die Umgebung nicht mehr doppelt, doch blieb sie weiterhin verschwommen. Er sah die Umrisse einer menschlichen Gestalt, die vor ihm kauerte und erneut vorsichtig seine Schulter anstieß. »Helft mir …!« hauchte er mit letzter Kraft. Dann ließ er den Kopf fallen und versank in wirren Träumen, in denen er nicht wußte, ob er wachte oder schlief.

Als er das nächste Mal zu erwachen glaubte, hatte er wieder das Gefühl, schaukelnd dahinzutreiben. Er konnte die Augen nicht öffnen, weil irgend etwas darüber lag, und seine Muskeln gehorchten ihm nach wie vor nicht. Ich bin wieder auf dem Meer, dachte er. Treibe hilflos dahin, in den Tod hinein. Weitere zusammenhängende Gedanken brachte er nicht zustande, sein Verstand versank bereits wieder im Chaos. Ihm war heiß und kalt zugleich, er spürte, wie ihm die Zähne klapperten. Bevor er das Bewußtsein endgültig verlor, ballte sich noch einmal ein letzter Gedanke zusammen: Das ist alles nur ein Traum.

Das nächste Erwachen war anders: nicht plötzlich, nicht so schmerzerfüllt wie sonst, sondern ein langsames Auftauchen aus Traumbildern, die er vergaß, sobald er sie verließ.

Langsam setzten seine Sinne ein, er hörte leise vertraute Geräusche um sich herum: zartes Vogelgezwitscher, geschäftiges Hämmern und Klopfen, offenbar aus der Ferne, und das heisere *I-aah* eines Esels. Aigolfs Verstand war seltsam klar, und sein Kopf schien ganz leicht zu sein. Er öffnete vorsichtig die Augen und sah – klar und deutlich. Er lag in einer kleinen Hütte mit einer Fensteröffnung, durch die helles Sonnenlicht hereinfiel. An der Kochstelle in der Mitte der Hütte arbeitete eine Frau. Kaum hatte die Fremde bemerkt, daß Aigolf aufgewacht war, kam sie mit raschen Schritten zu ihm her.

Sie mochte etwas jünger sein als er selbst – allerdings war ihr Alter schwer zu schätzen, denn Gesicht und Hände trugen die Spuren eines harten, arbeitsreichen Lebens. Sie hatte dunkelbraune Haare, die ihr, an der rechten Seite zusammengebunden, bis auf die Brust hinabfielen, klare dunkle Augen und ein schmales Gesicht. Die Fremde war gut zwei Spann kleiner als der Krieger, und ihr Körper wirkte zwar schlank, aber dennoch zäh und kräftig. Sie trug ein knielanges Lederkleid, das mit buntbemalten Holzperlen, Fellstücken und Federn geschmückt war, kniehohe, mit aufgemalten Ornamenten und mit Perlen verzierte Lederstiefel mit Fellbünden.

»Was …«, hub der Krieger an, doch die Frau legte ihm den Zeigefinger auf die Lippen und hieß ihn so zu schweigen. Sie half ihm, sich ein wenig aufzurichten, und stützte ihm Rücken und Kopf mit weichen Polstern ab. Aigolf schob die Felldecke zurück und musterte seinen Körper – oder zumindest das, was er davon sah: bis auf Gesicht und Hände war alles, selbst das Haupt, von dicken Verbänden verdeckt. Als die Fremde mitbekam, wie der Krieger staunend Arme und Beine regte, so gut es die Verbände zuließen, lächelte sie mild.

Er konnte sich wieder bewegen, und das fast ohne Schmerzen! Sein Atem ging wieder tief und ruhig, nur hin und wieder stach es noch in seiner Brust, und er mußte trocken husten.

Die Frau brachte eine mit heißer Suppe gefüllte tiefe Schale und einen hölzernen Löffel. Als der Krieger danach greifen wollte, schob sie sanft seine zitternde Hand zur Seite. Sie flößte ihm behutsam die Suppe ein, die von einem würzigen Geschmack war, seine Glieder von innen heraus wärmte und ihm Körper und Geist wunderbar leicht machte. Nach diesem Mahl fühlte er sich gesund genug, um aufzustehen. Die Fremde schien zu ahnen, was er vorhatte, denn sie legte ihm sanft die Hand auf die Brust und schüttelte den Kopf.

»Wohl noch etwas zu früh?« fragte Aigolf mit einem schiefen Lächeln.

Sie wiegte den Kopf, wohl zur Bestätigung seiner Worte. Dann deutete sie auf sich und sagte: »Schanfar.« Anschließend zeigte sie mit fragender Miene auf ihn.

»Aigolf«, antwortete er.

»A-i-golf«, wiederholte sie, die Laute nachahmend, dann nickte sie. »Aigolf, mh?« Sie fügte noch ein paar Worte hinzu, die er nicht verstand, und bedeutete ihm mit einer sanften, aber unmißverständlichen Berührung am Arm, daß er sich wieder hinlegen und ruhen sollte. Er tat ihr den Gefallen, und nach wenigen Augenblicken war er eingeschlafen.

Die nächste Zeit verbrachte Aigolf damit, sich von seinen Verletzungen zu erholen und wieder zu Kräften zu kommen. Sein Körper war ausgemergelt, die Muskeln waren schwach gewesen, aber dem konnte er nun abhelfen. Schanfar sprach sehr viel mit ihm. Er gewöhnte sich rasch an die fremde Sprache, so daß sie sich bald in Schanfars Zunge unterhielten. Schanfar ihrerseits war begierig darauf, Aigolfs Sprache zu lernen, und merkte sich aufmerksam jedes einzelne Wort. Sie erklärte ihm, daß sie die

Schamanin des Dorfes sei – ein Umstand, dem Aigolf ihren Wissensdurst und ihre Neugier zuschrieb.

Die übrigen Dorfbewohner sah er so gut wie nie, hin und wieder lugte das eine oder andere Gesicht durch die Eingangsöffnung und verschwand blitzschnell, sobald es auf Aigolfs Blicke traf.

Als Aigolfs Rippen nicht mehr bei jeder Bewegung zu spüren waren, begutachtete Schanfar seinen Brustkorb, drückte mit den Fingerkuppen auf verschiedene Stellen, und da Aigolf den Berührungen ohne zu klagen standhielt, nickte sie zufrieden. »Du darfst nun aufstehen.«

»Danke«, sagte er.

Die ersten Schritte waren mühsam und zeigten ihm, daß er eine Menge körperlicher Übungen brauchte, um wieder zu Kräften zu kommen. Wenigstens, das stellte er erleichtert fest, waren alle seine Kleidungsstücke und vor allem die Waffen und der Helm noch da. So konnte er sich ganz der Rückgewinnung seiner Körperkräfte widmen.

»Deine Kleider ließ ich waschen und ausbessern, sie sind wieder wie neu. Natürlich wollten meine Leute die Waffen forttragen«, erläuterte Scharfan. »Ich erwischte sie jedoch dabei und nahm deine Besitztümer an mich. Das große Schwert hätten sie fast eingeschmolzen, denn es wurde bei jeder Berührung glühend heiß. Nur ich konnte es anfassen.«

»Weil du es für mich bewahren wolltest«, erklärte Aigolf.

»Es sind sehr mächtige Waffen«, fuhr Schanfar fort. »Du bist ein überaus ungewöhnlicher Mann, nicht nur von deinem Aussehen her.«

»Ich werde meine Geschichte erzählen, Schanfar – später. Jetzt muß ich erst einmal wieder Fleisch und Muskeln zur Ordnung rufen, damit ich weiterhin … ungewöhnlich bleibe.«

Sie nickte und strich ihm sanft über die Brust. »Du bist ein sehr großer schöner Mann«, sagte sie leise. »Wenn du dich kräftig genug fühlst, mußt du in eine andere Hütte umziehen– sonst werden die Leute reden.«

Er sah sie verdutzt an, lachte jedoch nicht. Er kannte die Gebräuche dieser Menschen zu wenig, um sie in Frage zu stellen oder sich darüber hinwegzusetzen. Darum antwortete er mit ernster Stimme: »Selbstverständlich. Sobald du es für notwendig erachtest.«

Als daraufhin sein Gegenüber hell auflachte, stutzte er:»Was habe ich jetzt gesagt?«

»Sobald du den Bottich verachtest«, erklärte sie halb in seiner, halb in ihrer Sprache.

Er lachte schallend. »Ich brauche also noch Unterricht, Schanfar.«

Am nächsten Tag bereits zog er in eine leerstehende Hütte ein, kehrte den Staub hinaus, verstaute seine Sachen und zog die schweren Tücher von Fenster und Eingang fort, um Licht und Luft hereinzulassen. Das Alleinsein gefiel ihm: Nun konnte er in Ruhe seine Körperübungen durchführen.

Schanfar besuchte ihn täglich und setzte den Sprachunterricht fort. Nach und nach kamen noch andere Dorfbewohner zu ihm, ihre Neugier siegte letztendlich doch.

»Warum habt ihr mich eigentlich gerettet?« fragte er die Schamanin einmal.

»Aus verschiedenen Gründen, denke ich. Zum einen haben wir noch niemals einen Menschen von *draußen* gesehen. Oh, wir wissen, daß es viele andere gibt, doch wir verlassen unsere Welt niemals. Nur besonders Auserwählte wandern ein- oder zweimal im Jahr an den Strand, um nach Treibgut zu suchen. Sie haben dich wohl aus Neugier mitgenommen, vielleicht aber auch deshalb, weil du uns eines Tages von großem Wert sein könntest.«

»Inwiefern?«

»Dazu ist es noch zu früh…«, murmelte sie ausweichend.

Aigolf vermutete anhand des Kurses, den die *Prinzessin* vor Beginn des Sturmes eingeschlagen hatte, daß er irgendwo in der Flammberger Bucht angespült worden war und sich nun in den Walbergen befand. Die Menschen lebten hier so abgeschieden und fern von allem, daß er wahrhaftig an den Rand der bekannten Welt geraten war. Sie nannten sich *Hagrím*, Drachenkinder, wie Schanfar ihm berichtete. Den Grund für diese seltsame Bezeichnung erfuhr er jedoch erst viel später. Aus Schanfars Erzählungen reimte er sich zusammen, daß sie nicht aus dem Bornland in die Berge gewandert waren, sondern wahrhaftig von jenseits des Ehernen Schwertes gekommen waren und sich aus irgendeinem Grund in dieser kargen Region niedergelassen hatten.

Der Bornländer merkte rasch, daß er mit diesen abgeschieden lebenden Leuten nichts bereden konnte, das über deren kleine Welt hinausging. Sie waren sehr einfache Menschen, von der Statur her eher ein wenig gedrungen, die meisten von ihnen einen Schritt und drei Spann groß. Ihr Dorf lag eng an eine Felswand geschmiegt, die Häuser aus Stein und Lehm waren teils in die Felshöhlen hineingeschlagen worden, teils ragten sie wie Schwalbennester über den Abgrund hinaus, um dem Berg so viel Lebensraum wie möglich abzutrotzen. Auf schmalen Terrassen baute das Volk Getreide und genügsame Gemüsesorten an, als Haustiere hielt man sich Ziegen und kleinwüchsige Esel. Auf den Feldern waren nur die Frauen tätig; Aigolf beobachtete, daß die Männer jeden Morgen mit Spitzhacke und Schaufel den Grat hinaufkletterten und erst spätabends wieder zurückkehrten. Nur wenige von ihnen blieben im Dorf: als Schmied, Werkzeugmacher oder Weber. Schanfar schien nicht nur die Schamanin, sondern auch das Oberhaupt der kleinen Gemeinschaft zu sein, zusammen mit den beiden ältesten Männern des Volkes, die nur noch mit Rat dienen, aber keine schwere Arbeit mehr verrichten konnten.

Die Leute arbeiteten tagein, tagaus voller Gleichmut,

selbst die Kinder lärmten und spielten nicht, sondern mußten von klein auf bei der Feldarbeit mitanpacken. Aigolf bemerkte kaum je ein heftiges Wort, niemals einen handfesten Streit. Die Menschen lebten einfach in den Tag hinein, ohne nachzudenken, ohne besondere Freuden, aber auch ohne Trauer. Sie begegneten dem Bornländer nach wie vor mit einer gewissen Scheu, denn nicht nur seine Größe beeindruckte sie, sondern auch sein Auftreten, seine Ausstrahlung.

»Haben sie Furcht vor mir?« fragte er Schanfar.

»Nicht gerade Furcht«, erwiderte jene. »Aber Respekt. Sie sind es nicht gewohnt, daß ein Mensch sein kann wie du. So etwas kennen wir nur von unserem Herrn.«

Er horchte auf. »Euer Herr?«

Sie deutete zum Himmel. »Der Mächtige, Suldrú, der Tyrann.«

»Er lebt in den Lüften?«

»In den Lüften oder auf Erden. Es gibt nur den Einen.«

»Kann ich mehr von ihm erfahren?«

»Wenn es an der Zeit ist, Aigolf.«

Mit der Zeit fühlte Aigolf seine alte Kraft zurückkehren. Er vollführte eifrig seine Leibesübungen, die klare Bergluft und das bei jedem Spaziergang anstrengende Gelände taten ihren Teil dazu. Selten überfiel ihn noch der Schwindel, und nur hin und wieder erinnerte ihn noch ein Stechen in der Brust an die Qualen, die er durchlitten hatte. Er freute sich, am Leben zu sein, und wenn er sein eigentliches Ziel auch nicht erreicht hatte, so hatte er dennoch den Nordrand der Walberge erreicht, und vor ihm lag ein unbekanntes Land. Es mußte doch möglich sein, sich nach und nach ein kleines Schiff zu bauen, mit dem er nahe an der Küste entlangsegeln konnte, um das Eherne Schwert herum, bis zu den Nebelauen.

Die Dorfbewohner ließen den Krieger die meiste Zeit in Ruhe. Sie unterhielten sich wohl abends mit ihm, am Feuer in der Dorfmitte, wo gemeinsam gekocht wurde.

Nur Schanfar besaß als Schamanin eine eigene Herdstelle. Holz war sehr rar in dieser Höhe und schwer zu beschaffen, man mußte sich mit Ziegen- und Eselsmist behelfen und auch damit sparsam umgehen. Die Glut wurde stets am Leben erhalten, zum Heizen der Hütten wurden glühende Steine verwendet. Die Nächte hier waren empfindlich kühl, der Jahreswechsel lag noch fern.

»Einen Winter möchte ich hier nicht erleben«, meinte Aigolf einmal.

»Oh, es ist nicht so schlimm, wie du glaubst«, erwiderte Rofen, ein junger Dorfbewohner und einer der Männer, die den Krieger am Strand gefunden hatten. »Hier gibt es nicht viel Schnee. Natürlich wird es sehr kalt, und der Wind pfeift dir um die Ohren, aber du kannst es aushalten.«

»Ist es nicht gefährlich, die Hütten einfach so ins Nichts hinauszubauen, als ob sie mit einer Seite an den Felsen kleben würden?«

»Die Bauweise ist lange erprobt, Aigolf. Wenn du deine Hütte in Ordnung hältst, macht ihr der härteste Sturm nichts aus.«

»Es ist manchmal ein seltsames Gefühl, unmittelbar über einem Abgrund zu schlafen.«

Rofen lachte. »Wenn es zu schlimm für dich ist, werde ich dafür sorgen, daß du eine Felsenhütte oder eine freistehende Hütte auf dem Plateau bekommst. Die sind natürlich sicherer.«

»Nein, inzwischen habe ich mich daran gewöhnt«, wehrte Aigolf ab. »Ich möchte euch nicht zur Last fallen.«

»Du fällst uns nicht zur Last.«

»Immerhin verzehre ich eure Vorräte, ohne etwas dafür zu tun.«

»Aigolf, ein zusätzlicher Mund nimmt uns anderen nichts weg, bestimmt nicht. Wir mögen arm sein, aber wir haben unser Auskommen. Nur selten einmal müssen wir hungern. Suldrú ist nicht nur mächtig, sondern auch weise, er läßt seine Kinder nicht umkommen, solange sie ihm treu dienen.«

Nachdem Rofens Worte verklungen waren, trat plötzlich ein unerwartetes, unangenehmes Schweigen ein. Die Männer zündeten sich Pfeifen an und rauchten Rauchkräuter, die die Luft mit angenehm süßlichen Düften schwängerten.

»Ihr nennt euch Hagrím«, begann Aigolf langsam. »Das bedeutet Drachenkinder. Suldrú ist euer Gott und Tyrann, und ihr bezeichnet euch als seine Kinder. Suldrú ist nicht zufällig ein Drache oder dergleichen?« Er sah die Männer, jung und alt, der Reihe nach an, und sie wichen seinem Blick aus.

»Rofen redet immer viel zuviel, er ist leicht zu begeistern«, brummte der Älteste.

Aigolf sah Rofen erwartungsvoll an. »Na, dann begeistere dich weiter. Oder verbieten sie dir das Reden?«

Der junge Mann kratzte mit einem Holzstab in der Asche herum. »Nein«, antwortete er verlegen, »aber sie haben Sorge, daß du uns vor der Zeit wegläufst.« Er duckte sich ein wenig, als wütendes Stimmengewirr auf ihn niederprasselte, doch das verstummte sogleich wieder.

»So«, fuhr Aigolf bedächtig fort, »ihr seid Anhänger eines Drachenkults, und ihr könnt euer Dasein dadurch fristen, daß ihr den Tyrann auf verschiedene Weise befriedigt… zum Beispiel durch Fronarbeit in Bergwerken?«

Betretenes Schweigen, dann zögerndes Nicken.

»Ihr baut Edelmetalle für ihn ab, die es hier wohl reichlich gibt. Aber ihr dürft nichts davon für euch selbst behalten. Ich nehme an, daß Suldrú mit den Steinen allein nicht zufrieden ist – als echter Drache. Also müßt ihr ihm noch etwas anderes darbringen, was andernorts in Aventurien durchaus üblich ist, um den Zwölfen zu huldigen: Opfer. Bei euch aber dürfte es sich allerdings zumeist um *Menschenopfer* handeln. Habe ich recht damit, daß ihr in mir ein lohnenswertes Opfer seht, das euch für einige Zeit vor den Forderungen Suldrús bewahrt?«

»Ganz recht«, antwortete der Älteste. Nun, da das Unangenehme ausgesprochen war, sah er keinen Grund mehr, sein Gesicht zu verbergen. »Du besitzt sehr wertvolle Waffen, du kommst von weither. Suldrú wird großen Gefallen an dir und deinem Besitz finden.«

Aigolf seufzte. »Ich dachte es mir. Habt ihr euch denn überlegt, was er mit euch tun wird, wenn ihr das nächste Mal kein so großes Opfer darbringen könnt? Je mehr ihr ihm opfert, um so gieriger wird er werden, um so mehr wird er fordern.«

»Darauf wollen wir es ankommen lassen. Suldrú ist seit langer Zeit sehr ungeduldig mit uns und verlangt nach unseren Kindern.«

»Hm. Dann verstehe ich euer Ansinnen.«

»Und ich spreche dagegen!« Schanfars Gestalt erschien plötzlich im flackernden Licht des Feuers. »Ich bin eure Schamanin, und ich habe nichts dergleichen geweissagt!«

»Schanfar, du bist unsere ehrwürdige Schamanin und eine weise Frau«, sagte der Zweitälteste ehrerbietig. »Wir wollen uns nicht über deinen Willen hinwegsetzen, aber so ist es das beste für uns alle.«

»Das beste!« schnaubte die Schamanin. »Woher wißt ihr, was das beste für euch ist? Danach habt ihr nie gefragt. Ich allein weiß, was gut für euch ist, und diesen Mann zu opfern, zählt bestimmt nicht dazu!«

»Es heißt, du hättest dich in ihn verliebt und könntest deshalb nicht mehr gerecht urteilen«, warf ein Mann ein. Er hieß Guran und gehörte ebenfalls zu den Männern, die Aigolf am Strand gefunden hatten.

Schanfar sah ihm fest in die Augen. »Glaubst du das auch, Guran?«

Er wand sich unter ihrem Blick. »Nein«, sagte er endlich. »Ich wiederhole nur, was die anderen reden. Ich weiß, daß du über jeden Zweifel erhaben bist.«

»Es gibt noch andere Lösungen als jene, an die ihr euch

50

klammert!« rief Schanfar. »Was ist mit euch geschehen? Vertraut ihr mir nicht mehr?« Sie sah die Männer der Reihe nach an. Hinter ihr kamen nach und nach die Frauen herbei und umringten das Feuer. »Habe ich euch etwas Schlechtes getan?« fuhr die Schamanin fort. »Ich heile eure Wunden, ich pflege euch gesund, ich helfe euch, eure Kinder zur Welt zu bringen. Ich nenne euch die Zeichen des Drachen, ich gebe euch Kraft gegen das Joch des Tyrannen. Warum trefft ihr eure Entscheidungen ohne mich?«

»Du kennst Suldrús Zorn«, sagte einer der Männer leise. »Und wir fanden diesmal nicht genug am Strand...«

Aigolf stand auf und hob die Hände in einer beschwichtigenden Geste. »Bitte, bewahrt Ruhe! Beginnt keinen Streit meinetwegen! Ich weiß, ich bin ein Fremder hier und bringe Unruhe in dieses Dorf. Ich weiß aber auch, daß ihr gute und freundliche Menschen seid, und ich verdanke euch mein Leben. Ich werde diese Schuld begleichen. Aber auf meine Weise, und ganz sicher nicht als Opfer für einen Drachen... falls er wirklich ein Drache ist. Habt ihr ihn je gesehen?«

»Natürlich nicht!« rief der Älteste empört. »Gott zeigt sich nicht den niederen Kreaturen! Er schickt seine Boten!«

»Niedere Kreaturen?« wiederholte Aigolf empört. »Seht ihr euch so, als niedere Kreaturen?«

Die Hagrím sahen ihn still über das Feuer hinweg an.

Der Bornländer schüttelte den Kopf. »Wo bin ich hier hingeraten?« murmelte er. Diese armen Leute waren völlig verblendet und der Ansicht, daß ihr drachischer Tyrann einem Gott gleichzusetzen war. Wenn die Hagrím ihm mehr vertrauten, mußte er ihnen – behutsam – von den wahren Göttern erzählen, den Zwölfen...

»Setz dich wieder hin und rauch eine Pfeife mit uns«, forderte ihn der zweite Älteste versöhnlich auf. »Und du,

Schanfar, singe für uns. Es ist ein schöner Abend, den wir nicht durch Streit trüben sollten.«

Aigolf setzte sich und nahm eine langhalsige, bereits angerauchte Pfeife entgegen. Er tat einen tiefen Zug, sog die Dämpfe des Krauts ein und fühlte, wie sich eine angenehme flaumweiche Wärme in ihm ausbreitete. Er lauschte dem sanften Gesang der Schamanin und ließ sich davontreiben.

Spät in der Nacht wankte Aigolf zu seiner Hütte. Wie er den halsbrecherischen Aufstieg ohne Sturz bewältigt hatte, sollte ihm später ein Rätsel sein. Vom Rauschkraut benebelt, brauchte er eine Weile, bis er sein Fellager endlich gefunden hatte. Ihm war noch ein wenig schwindelig, als er sich darauf ausstreckte, doch das ging vorbei, und bald umgab ihn wohlige Müdigkeit. Er war schon beim Eindämmern, als sein Jägerspürsinn Alarm schlug: Jemand war in seiner Nähe. Sofort glitt seine Hand zum Waffengürtel, der stets griffbereit neben ihm lag, und zog schnell den Borndorn. Er zuckte zusammen, als er eine weiche Hand über der seinen spürte, eine sanfte Umklammerung...

»Das brauchst du nicht.« Schanfars Stimme, leise und sanft.

Sein verkrampfter Griff löste sich, und er drehte die Handfläche nach außen, um dem Streicheln ihrer Finger nachzugeben. Er wußte längst, daß er dieser Frau nicht gewachsen war. Sie war keine Hexe, keine der Töchter Saturias, aber sie besaß ungewöhnliche Kräfte. Ein Wort, ein Blick genügten zumeist, um ihren Willen auszudrücken und sich durchzusetzen. Sie war nicht umsonst das Oberhaupt der Hagrím, doch sie nutzte diesen Vorteil niemals für sich selbst aus. Sie tat alles für ihr Volk, und er wußte, daß sie selbst sich Suldrú als Opfer dargeboten hätte, wenn dies sein Joch erleichtert hätte. Sie folgte ganz und gar ihrer Berufung, Schamanin zu sein, und in gewisser Weise bewunderte Aigolf sie. Er ahnte längst, daß sie ihn begehrte, so wie er sich von ihr angezogen fühlte. Sie hatten beide etwa die gleiche Anzahl an Götterläufen durchlebt, und es war sicherlich für beide von Wert, Erfahrungen auszutauschen und Neues dazuzulernen. Ungewöhnlich, wie sie beide waren, zogen sie sich unwiderstehlich an, und ihm war auch klar, daß sie unweigerlich irgendwann einmal zueinander finden würden – doch schon in dieser Nacht, das überraschte ihn.

»Zuviel Rauch…«, murmelte er schläfrig. »Passiert mir sonst nie…«

»Hier droht dir keine Gefahr. Laß dich einfach dahintreiben, Aigolf.«

Allmählich wurde seine Sicht klarer, und er betrachtete ihr verschattetes Gesicht.

»Warum ergebt ihr euch so leicht?« fragte er.

»Es ist unsere Bestimmung, Aigolf«, antwortete sie. »Wir sind die Hagrím und müssen unserer Bestimmung folgen, sonst haben wir keinen Wert in diesem Leben.«

»Das Leben hat einen anderen Sinn, Schanfar. Schau mich an.«

»Du bist kein Hagrím. Deine Aufgabe ist es, ein Krieger zu sein und die Schwachen zu beschützen. Ich erkannte es gleich, als sie dich brachten. Die anderen sahen dich als Opfergabe, ich aber weiß, daß dir das Schicksal eine andere Bestimmung zugeteilt hat. Sobald du dich kräftig genug fühlst, solltest du uns verlassen.«

Er rieb sich die Stirn, um klare Gedanken fassen zu können. »Dient ihr wirklich einem Drachen?«

»Ich weiß nicht, ob Suldrú ein Drache ist – und ich muß es nicht wissen. Er ist für uns Gott. Wir sind seine demütigen Untertanen. Es wäre vermessen zu fragen, welche Gestalt Gott hat. Zweifel bedeuten, daß dir der Sinn des Lebens entzogen wird. Dir bleibt dann nur der Tod.«

Es war schwierig für Aigolf, die merkwürdigen Gedanken dieser Menschen nachzuvollziehen, da er genau wußte, daß es nur die Zwölf gab. Aber schließlich kamen die Hagrím aus einem Land jenseits der Walberge und hatten niemanden, der sie über die Wahrheit aufklärte …

»Aber vielleicht ist er auch nur ein Mensch, der eure Gutgläubigkeit ausnutzt«, gab Aigolf zu bedenken. »Der …«

»Ruhe, Ruhe«, unterbrach die Schamanin ihn sanft. »Es ist nicht deine Aufgabe, darüber nachzudenken. Und versuche nicht, uns einen anderen Glauben nahezubringen, denn das müßte ich dir verbieten. Es hat seinen Sinn, weshalb wir so leben, und es ist nicht deine Aufgabe, uns mit deiner Welt und deinem Glauben vertraut zu machen. Damit haben wir nichts zu tun. Meine Pflicht war es, dich der Welt draußen zu erhalten, die dich brachte. Ich habe es *gesehen*. Wende du dich nun deiner Aufgabe zu.«

Für eine Weile herrschte Schweigen zwischen ihnen. Dann hob er eine Hand und strich ihr sacht über die Wange.

»Weshalb bist du jetzt hier?« fragte er leise.

»Ist das nicht offensichtlich?« flüsterte sie. »Gewiß, ich bin die Schamanin der Hagrím, aber ich bin auch eine Frau. Du hast dich lange genug gewehrt, Aigolf. Ich weiß genau, was du fühlst. Ich kenne deinen Körper sehr gut.« Sie lächelte mild. »Ich habe ihn gesehen, als du mir hilflos ausgeliefert warst, und ich habe ihn gepflegt. Nun will ich diesen Körper kosten, mein schöner Krieger. Enthalte ihn mir nicht vor. Ich weiß, daß du mich ebenso begehrst wie ich dich. Wir haben beide lange die Nähe eines anderen entbehren müssen, nun sollten wir das Glück dieses Augenblickes nutzen und uns das gewähren, wonach wir uns sehnen.«

Er legte die Hand in ihren Nacken und zog sie zu sich herab. Der Genuß des Rauschkrauts hatte ihn träge gemacht, aber ihre warme Nähe erweckte seine Sinnlichkeit schneller, als ihm lieb war. Doch weshalb sollte er sich nicht einfach seinen Gelüsten hingeben? Schließlich wollten sie beide dasselbe. Schanfars Lippen öffneten sich weich seinem Kuß, und noch während sie sich an ihn schmiegte, streifte sie geschickt wie eine Katze das Kleid von ihrem Busen, dann von der Taille. Er brauchte mit dem Entkleiden ein wenig länger – zwischen ihren Küssen und den erregenden Berührungen ihrer Hände – und lachte dann leise, als er sie in die Arme nahm. »Hoffentlich wirkt sich das Kraut nicht nachteilig aus ...«

»Bestimmt nicht«, schnurrte sie. »Im Gegenteil – sonst hätte ich dich schon daran gehindert ...« Sie zog ihn fester an sich. »Komm ...«

Aigolf erwachte sehr früh, bei Anbruch der Dämmerung, und tastete vorsichtig an seine Seite: Schanfar war noch da. Er beugte sich über sie und weckte sie mit zarten Küssen.

»Du solltest gehen, bevor dich jemand sieht.«

Sie öffnete die Augen, die dunkel und klar waren und so wach, als habe sie überhaupt nicht geschlafen. »Laß sie reden. Irgendwann werden sie verstummen. Wie fühlst du dich?«

»Der Wolf sitzt mir ein wenig im Nacken«, lächelte er. »Ich bin euer Trollkraut nicht gewohnt. Immerhin kann ich mich noch an alles erinnern.«

»Das ist das Gute an diesem Kraut: Es berauscht dich, aber es löscht deinen Verstand nicht. Ich hätte es bedauert, wenn du dich nicht an mich erinnert hättest.«

»Du hast mich sehr raffiniert verführt, Schanfar. In nüchternem Zustand hätte ich dich bestimmt hinausgeworfen.«

»Nun, das war eben meine Absicht, dich wehrlos zu machen.« Ihre Hand glitt über seine behaarte Brust hinab zu seinen Lenden. »Und da wir das Geschehene nicht rückgängig machen können, könnten wir das Spiel doch fortsetzen ...« Sie sah, wie sich ein Licht in dem tiefen Grün seiner Augen entzündete, während sie fortfuhr, ihn zu liebkosen.

»Hexe«, murmelte er und küßte sie.

4. Kapitel

Treibgut und Beute

Als Aigolf das nächste Mal erwachte, war Schanfar fort. Es war schon heller Vormittag. Er streckte sich ausgiebig und machte sich auf zu der Quelle eines kleinen Gebirgsbaches, der in der Nähe entsprang. Das eiskalte Wasser spülte die letzten Nachwirkungen des Rauschkrautes endgültig fort, und er kehrte unternehmungslustig ins Dorf zurück.

Die Schamanin war – wie sonst auch – in ihrer Hütte, bereitete Heiltränke und Pasten zu, versorgte Kranke und Verwundete, die bereits geduldig auf dem Vorplatz warteten. Sie lächelte Aigolf kurz zu, als er ohne weitere Umstände eintrat, und wandte sich wieder dem Säugling zu, den sie gerade behandelte. »Gib ihm dreimal täglich von dieser Salbe auf die Stirn, dann ist er bald gesund«, sagte sie zu der Mutter. »Wenn du hinausgehst, sag den anderen, daß ich eine Weissagung machen muß. Ich werde bald wieder für sie da sein.« Sie ließ den Türvorhang zufallen und wandte sich Aigolf zu. Er schlang seine Arme um sie und küßte sie. »Du bist leichtsinnig«, wisperte sie. »Ich habe sehr viel zu tun, und es fällt auf…«

»Laß sie reden«, meinte er, ihre eigenen Worte wiederholend. »Irgendwann hören sie damit auf.« Er fuhr fort, sie zu küssen, seine Hände glitten über ihren Körper, seine Daumen strichen sacht über ihre Brustknospen, die sich rasch versteiften, und er merkte, wie ihr Atem schneller ging.

»Bist du nur deswegen gekommen?« flüsterte sie. Ihre Hände fuhren durch seine langen Haare. Sie hob das rechte Bein und schlang es um seine Hüfte. »Das können wir jetzt nicht tun …«

»Nicht nur deswegen«, murmelte er an ihrem Mund, »aber du bist ohne meinen Morgengruß gegangen, und den wollte ich jetzt nachholen. Und ich wollte dir noch Bewunderung dafür zollen, daß du zwar zerbrechlich aussiehst, aber sehr stark bist und alle deine Muskeln erstaunlich gut beherrschst, und ich …«

»Hör auf!« Sie kicherte wie ein junges Mädchen. »Ich werde rot, wenn du weiter solche Dinge sagst, und das ziemt sich nicht für eine Schamanin.«

»Nun gut, dann küssen wir uns eben.« Er küßte sie erneut innig und hörte dann von selbst auf, als er merkte, daß er schon wieder die Beherrschung verlor – und Schanfar hatte recht, am hellichten Tag sollten sie sich nicht gehenlassen. »Was tust du mit mir …?« murmelte er.

»Dasselbe wie du mit mir«, antwortete sie lächelnd. »Wir haben beide eine Menge entbehrt, wohl für lange Zeit. Aber ich muß wieder an die Arbeit gehen.« Sie löste sich aus seinen Armen, griff nach einer Schale voller Knochen, Federn, bunten Steinen und kleinen Juwelsplittern. Sie warf die bunten Dinge auf die Orakelplatte und studierte die Zeichen. »Was hast du heute vor?« fragte sie.

»Ich will den Grat hinaufsteigen. Ich frage mich schon lange, weshalb ihr unter so schwierigen Bedingungen lebt, und ich möchte mich gern umschauen, ob es keinen besseren Platz gibt.«

»Ja«, sagte sie ruhig, »das solltest du tun. Und du wirst feststellen, daß dies der einzige Weg ist.«

Er bemerkte die Veränderung an ihr und wandte sich ihr zu. »Was hast du?«

»Nichts«, antwortete sie.

»Treib keine Spielchen mit mir, Schanfar! Ich weiß, daß du in diesem wirren Durcheinander etwas gesehen hast.« Er deutete auf die Platte.

»Nun gut.« Sie stand auf. »Aigolf, was hast du für die nächste Zukunft vor?«

»Wieso … ich …«

»Hör zu!« Sie trat dicht an ihn heran und ergriff seine rechte Hand. »Die Zeit ist günstig. Suldrú schläft noch, und ich werde bald die Männer ein zweites Mal losschicken, damit sie am Strand nach Treibgut suchen. Du solltest mit ihnen gehen.«

»Zum Meer? Jetzt schon? Aber …«

»Aigolf, frag nicht, tu es einfach!« unterbrach sie ihn. Ihre Stimme klang hart und ernst. »Du *mußt* es tun, verstehst du? Es ist sehr wichtig. Und nun geh! Ich habe noch eine Menge zu tun.«

Nachdem Aigolf die Schamanin verlassen hatte, suchte er nach dem Pfad, der geradewegs zum Grat hinaufführte. Die Männer waren alle unterwegs, aber er konnte sich auch allein zurechtfinden: Er entdeckte das schmale Band zwischen den Terrassenfeldern, das sich von dort den Berg hinaufschlängelte. Zu dieser Zeit waren die Felder noch kahl, aber das würde sich bald ändern, wenn Rahja und Praios ins Land zögen. Das Getreide würde in dieser kühlen Witterung wohl recht kärglich gedeihen, und die Ernte mochte gerade ausreichen, um die Dorfbewohner vor dem Verhungern zu bewahren. Jenseits der Felder erhoben sich nackte, tief zerklüftete Bergflanken hoch hinauf in den Himmel. Kargheit und schrundige Abgründe, so weit Aigolf schauen konnte. Die Luft war sehr kühl und dünn, und er mußte bald rascher atmen, je steiler der Pfad wurde. Öfter, als es ihm lieb war, mußte er eine Pause einlegen. Das ärgerte ihn. Entweder wurde er allmählich alt, oder er war noch nicht vollständig genesen. »Ach was, das sind die elenden Tage auf See«, sagte er sich grimmig.

Gegen Mittag erreichte er endlich die Grathöhe. Von hier aus bot sich ihm ein atemberaubender Anblick über das gewaltige Gebirgsmassiv, und er stand für einige Zeit ganz still da und schaute nur. Dabei mußte er feststellen, daß es für die Hagrím in dieser Gegend tatsächlich keine andere Siedlungsmöglichkeit gab.

Jenseits des schmalen Grats eröffnete sich ein Abgrund, der bis ins Erdinnere hineinzureichen schien. Selbst hier oben noch spürte Aigolf die wabernde Hitze, und es gelang ihm, einen vorsichtigen Blick auf die wogenden rotglühenden Massen eines gigantischen Lavastroms zu werfen, der sich tief unter ihm durch einen Felsspalt wälzte.

Plötzlich bewunderte Aigolf die Menschen, die ihr Dasein in dieser unwirtlichen Landschaft fristeten. Es wäre sicherlich einfacher gewesen, in eine Gegend wegzuziehen, die bessere Bedingungen bot. Aber die Menschen hier kannten kein anderes Leben, und dabei wollten sie es auch belassen, das hatte er deutlich gemerkt. Sie lebten hier sehr zufrieden, und den Schatten der Tyrannei nahmen sie genauso gleichmütig hin wie das Wetter. Und vielleicht, so dachte sich Aigolf, hatten sie mit ihren Bedenken gar nicht einmal so unrecht: Auch wenn sie unter dem Joch des tyrannischen Suldrú standen, so lebten sie doch frei.

Im Bornland war das anders, dort herrschte noch immer Leibeigenschaft. Aigolf wußte noch genau, wie sehr sein Vater und vor allem seine Mutter die Leibeigenschaft verabscheut hatten und trotz ihrer Stellung als Adlige dagegen angegangen waren. Sie hatten ihren Kindern beigebracht, das Leben anderer zu achten und gegen jegliche Form von Unterdrückung vorzugehen. Dadurch hatten sie sich nicht gerade Freunde unter den Mächtigen gemacht, und deshalb war es wahrscheinlich zu diesem schrecklichen Überfall gekommen, der Aigolfs Familie zum Teil ausgelöscht, zum Teil in die Sklaverei gebracht hatte …

So war aus Aigolf der *Rattenjäger* geworden, ein in gewissen Kreisen sehr bekannter und gefürchteter Krieger, der die Sklaverei bekämpfte, wo er sie vorfand. So manch einen Unglücklichen hatte er aus den Fängen der Sklavenfänger befreit, wie Túan, den jungen M'nehta aus dem Dschungel, und so manchem mächtigen Handelsherren hatte er das Handwerk gelegt.

Nun war er wieder auf eine Form von Unterdrückung gestoßen, und er spürte seinen alten Kampfwillen. Die Hagrím waren auf ihre Art etwas Besonderes. Es gab keine Zwistigkeiten unter ihnen, keinen Neid, keinen Kampf. Nirgendwo sonst hatte Aigolf je einen solch tiefen, nahezu vollkommenen Frieden erlebt – aber das lag vielleicht auch daran, daß er als Krieger und Abenteurer stets die Herausforderung gesucht hatte, zeit seines Lebens dem Kampf, der Friedlosigkeit hinterhergereist war ...

Er lächelte leise. So bin ich letztendlich auch hier, um meine Aufgabe zu erfüllen, dachte er grimmig. Diese Menschen haben den vollkommenen Frieden verdient. Sie arbeiten hart genug für ihr Auskommen. Suldrú hat nicht das Recht, ihnen das Leben noch schwerer zu machen.

Als der Bornländer sich genug umgesehen hatte und die Praiosscheibe bereits den Abstieg talwärts begann, kehrte er um und wanderte in das Dorf zurück.

Als er seine Hütte betrat, fand er zu seiner Überraschung Schanfar dort vor, die auf ihn gewartet hatte. »Ich werde dich untersuchen müssen«, sagte sie streng. »Wer weiß, wie du diese Strapazen überstanden hast.«

»Mir fehlt nichts«, beteuerte er. Allerdings war er ganz froh darüber, sich nunmehr auf seinem Lager ausstrecken zu können. Trotz der ausgiebigen Leibesübungen der vergangenen Tage war er einer solchen Anstrengung offensichtlich noch nicht ganz gewachsen.

»Wir werden nicht jünger«, erwiderte sie und lächelte still. »Du bist in einer hervorragenden Verfassung, Aigolf, und kannst es leicht mit jedem grünschnäbeligen Jüngling aufnehmen. Aber manchmal... bist du eben doch keine dreißig mehr. Wunden brauchen länger, bis sie heilen, Kräfte brauchen länger, bis sie wieder zurückgekehrt sind. Dein Ausflug war sehr anstrengend, das sehe ich dir an. Ja, verzieh ruhig das Gesicht. Mir machst du nichts vor.« Sie zwang ihn, Wams und Hemd auszuziehen, und untersuchte ihn gründlich, was er sich allerdings gern gefallen ließ, da ihre warmen Hände stets sehr sanft und behutsam waren. Zufrieden richtete sie sich dann auf. »Du bist gesund«, stellte sie fest. »Dir fehlt es nur noch an Ausdauer. Aber die wirst du schon gewinnen, wenn du mit zum Strand gehst.«

»Ich frage dich noch einmal: Weshalb sollte ich das tun?« erwiderte er. »Ich möchte euch noch nicht verlassen.«

»Du wirst uns nicht verlassen«, antwortete sie. »Aber du sollst unsere Auserwählten begleiten. Es ist wichtig für dich, Aigolf. Bitte stell keine Fragen, sondern vertrau mir einfach.«

»Nun gut«, sagte er schließlich zögernd. »Aber ich werde auf jeden Fall zurückkehren.«

Sie hob die Brauen. »Selbstverständlich wirst du zurückkehren«, lächelte sie. Sie strich sanft über seine behaarte Brust. »Denkst du, diesen Körper gebe ich so schnell auf?« Sie wich ihm aus, als er den Arm um sie legen wollte. »Nein, heute nicht. Ich habe eine lange Nacht der tiefen Versenkung und der Anrufung vor mir. Vergiß nicht, ich habe eine Berufung. Diese würde ich niemals aufgeben, nicht einmal für dich.«

»Weil ich dich eines Tages verlassen würde?«

»Selbst wenn du bleiben würdest.« Sie beugte sich über ihn und hauchte ihm einen Kuß auf den Mund. »Doch ich schäme mich nicht, dich zu lieben, mein stolzer Krieger«, flüsterte sie, dann war sie verschwunden.

Schanfar bestimmte schon den nächsten Tag als Aufbruch. »Suldrú schläft noch tief, und wir können eine zweite Fahrt wagen«, sagte sie. »Ich bestimme Rofen, Guran, Farang, Dorn und Aigolf dazu. Unsere vier Helden haben bereits mindestens einmal bewiesen, daß sie auserwählt dazu sind, Opfergaben für Suldrú zu sammeln, und Aigolf kann sie als Krieger vor jeder Gefahr schützen. Ich habe für jeden von euch einen Beutel gefüllt: mit Kräutern und Salben und außerdem mit Vorräten an getrocknetem Fleisch und Fladenbrot. Die Vorräte sollten, sofern ihr ohne Unterbrechung reist und mit den Kräften haushaltet, für den Hin- und Rückweg reichen. Denkt daran, die Salzgärten zu leeren, denn in den Bergwerken finden wir noch immer nicht genug Salz. Ich habe Geister der Winde, der See und des Glücks angefleht, mit euch zu sein. Das Orakel versprach eine gute Fahrt, doch ob sie auch wirklich so gut verläuft, liegt ganz allein bei euch.«

Aigolf blieb nur wenig Zeit, seine Waffen an sich zu nehmen und seine Bekleidung zu vervollständigen, da die Reisegefährten schon auf ihn warteten. Schanfar folgte ihm in die Hütte. »Hier, ich habe noch einen besonderen Beutel für dich. Öffne ihn erst, wenn es an der Zeit ist, sonst verliert er seine Kraft.«

»Wofür ist er bestimmt?« fragte Aigolf verwundert, während er den kleinen Beutel in Empfang nahm und am Gürtel befestigte.

»Du wirst es zur rechten Zeit wissen«, erwiderte sie. »Tu einfach nur, was ich dir sage. Achte gut darauf, damit du ihn nicht verlierst, du wirst ihn dringend benötigen. Vertrau mir. Es hat alles seinen Sinn«, sagte sie. »Ich werde deine Sachen gut in Verwahrung nehmen. Rüste dich nur für diesen einen Marsch, du wirst wiederkehren.«

Er blickte in ihre dunklen Augen. Soviel Unergründliches lag darin, was ihm auf immer verborgen bliebe. »Du sprichst so sicher«, sagte er.

»Ich *bin* sicher«, erwiderte sie. »Dieser Weg ist ganz klar vorgezeichnet.«

»Ich glaube nicht an eine allmächtige, unumstößliche Bestimmung, da weder meine Göttin Rondra noch ein anderer der Zwölf durch dich spricht«, widersprach er.

»Und doch gibt es eine Vorbestimmung«, beharrte sie.

»Wie dem auch sei«, fuhr Aigolf fort, »außer meinem Helm nenne ich nichts mein eigen, was du für mich bewahren müßtest. Ich besitze sonst nicht mehr als das, was ich auf dem Leib trage. Und von meinen Waffen trenne ich mich nie.«

»Sie sind ein Teil von dir. Vor allem aber sind sie mit Magie durchwoben, während dein gehörnter Helm nur eine Erinnerung an die Vergangenheit darstellt«, nickte sie. »Wirst du mir ihr Geheimnis einmal offenbaren?«

»Vielleicht«, erwiderte er. Er schloß sie in die Arme und drückte sie an sich. »Paß auf dich auf, kleine Hexe. Wie lange werden wir unterwegs sein?«

»Für den Hinweg werdet ihr etwa vier Tage brauchen, gut vier Tage für das Sammeln und Fischen ... Und was den Rückweg betrifft, da kommt es darauf an, wieviel ihr zu schleppen habt.«

»Gut ... Bis bald.«

Für Aigolf war es ein anstrengender Marschbeginn. Seine Begleiter hatten einen sehr forschen, sicheren Schritt und besaßen vor allem bedeutend mehr Ausdauer als er. Rofen war der jüngste der vier und zugleich der heiterste und unbeschwerteste. Er bewegte sich geschickt und flink wie eine junge Ziege über die Felsen hinweg und legte sicherlich fast die doppelte Strecke zurück, da er es übernommen hatte, ringsumher nach Gefahren Ausschau zu halten.

Guran mochte auf die Dreißig zugehen. Im Gegensatz zu dem schmalen, eher zierlich gebauten Rofen war er stämmig und muskulös. Sein breites, großflächiges Gesicht war ein wenig derb, aber offen und freundlich. Er lachte gern, legte aber stets Wert darauf, ernstgenommen zu werden. Seit Jahren suchte er nach einer Frau, doch es war nicht einfach, eine geeignete Lebenspartnerin zu finden. Die angesehensten Männer der Dorfes hatten manchmal zwei oder drei Frauen, die sich die Arbeit teilten und so für ein besseres Auskommen sorgten. Die Frauen waren diejenigen, die ihr Einverständnis mit einem Lebensbündnis gaben; daher konnte es vorkommen, daß sie einen Mann, der nicht einmal ein Mindestmaß an Wohlstand zu bieten hatte, rundheraus ablehnten. Ein Mann aber, der bereits zwei Frauen besaß, war in jedem Fall eine gute Partie. Guran unternahm diese gefährliche Reise gern zum zweiten Mal, denn er hoffte, sich auf diese Weise genug Ansehen erwerben zu können, um die Blicke eines Mädchens auf sich zu ziehen.

Farang und Dorn waren gemeinsam wie Brüder bei Dorns Eltern aufgewachsen. Sie waren Anfang und Mitte Dreißig, der ältere schlank und groß, der jüngere beinahe so kurz und stämmig wie ein Zwerg. Farang, der ältere, der nach dem Tode seines Vaters von Dorns Eltern als Pflegesohn aufgenommen worden war, als Dorn gerade ein paar Monde zählte, blickte schweigsam und ein wenig finster unter dichten buschigen Brauen in die Welt, während Dorn von unbedarfter, heiterer Wesensart war. Beiden gemeinsam war jedoch ein großes Maß an Gutmütigkeit und Hilfsbereitschaft. Sie teilten sich eine Frau, was sehr ungewöhnlich war, aber dem harmonischen Familienleben mit vier Kindern keinen Abbruch tat. Abgesehen davon, daß sie durch die Teilnahme an der gefährlichen Reise ihre Kinder davor schützten, dem grausamen Suldrú geopfert zu werden – Heldenkinder blieben stets verschont –, hatten sie sich auf den Weg gemacht, weil Schanfar es ihnen aufgetragen hatte. Ansehen und Ruhm bedeuteten ihnen nichts. Schanfar hatte sie nun schon zum vierten Mal erwählt, denn sie waren sehr erfahrene Bergsteiger, die jedes Wetterzeichen rechtzeitig deuten und entsprechende Vorsorge treffen konnten. Jeder von ihnen billigte Aigolf unvoreingenommen als Begleiter. So war es bei den Hagrím üblich: Sie nahmen alles geduldig hin, ohne etwas in Frage zu stellen. So verlief die Reise zunächst auch recht schweigsam, denn die Männer hatten sich untereinander nichts zu erzählen, und um Aigolfs Vergangenheit schienen sie sich nicht zu kümmern.

Dem Bornländer machte das Schweigen nichts aus. Von früheren einsamen Streifzügen war er es gewohnt, tagelang kein Wort zu sprechen. Die Gesellschaft der Hagrím war ihm vielmehr angenehm, zumal sie selbst darauf achteten, beisammen zu bleiben und niemanden zu benachteiligen. Sie teilten sich die Arbeit, das Nachtlager aufzuschlagen und die mitgeführten Vorräte zuzubereiten. Da es in dieser Höhe nichts Eßbares zu sammeln gab und nur selten einmal eine Quelle aus den Felsen hervorsprudelte, mußte alles streng eingeteilt werden. Am ersten Abend schienen die Hagrím zu fürchten, Aigolf werde aufgrund seiner Größe riesige Mengen verschlingen, und sie gaben ihm freiwillig eine doppelte Portion. Er wies die Gabe jedoch lächelnd zurück und nahm gerade genügend zu sich, um den Hunger zu stillen und genügend Kraft für den weiteren Weg zu sammeln. Sie betrachteten ihn verdutzt, dann hellten sich ihre Gesichter auf, und er wußte, daß er von nun als vollwertiges Mitglied der Gesellschaft galt.

Aigolf stellte keine Fragen, bevor die Hagrím nicht von sich aus auf ihn zukamen. Doch er hätte zu gern gewußt, wo Suldrús Sitz vermutet wurde und von wo ein Angriff zu erwarten wäre, sollte das Wesen vorzeitig erwachen. Ohne dieses Wissen mußte er sich blind auf Schanfars Vorhersagen über Suldrús ›Schlaf‹ verlassen – dabei wußte er nicht einmal, wie die Frau an ihre Kenntnisse gelangt war. Schanfar schien sich auf einige Künste zu verstehen, die für gewöhnliche Menschen ohne magische Gaben nicht zugänglich waren.

Die kleine Gemeinschaft wanderte die Bergseite entlang, an der das Dorf lag, in Richtung auf das Meer zu. Der Weg war schwierig, und stellenweise mußten die Wanderer weite Umwege in Kauf nehmen, um Erdrutsche zu umgehen. Die meiste Zeit bewegten sie sich auf einem schmalen Pfad, dicht an den Fels gedrückt. Aigolf war anfangs jeden Moment darauf gefaßt, zusammen mit einem Felsrutsch in die Tiefe zu stürzen, und entsprechend vorsichtig tastete er sich mit den Händen an der Felswand entlang. Dadurch hielt er die Gemeinschaft am ersten Tag beträchtlich auf, aber nach und nach gewöhnte er sich an die Höhe, und seine Schritte wurden sicherer.

Jeden Abend kurz vor der Dämmerung, wenn sie das Lager aufgeschlagen hatten, schaute Aigolf bis zum Anbruch der Dunkelheit über das Land. Der Ausblick war großartig. Der Lagerplatz war rundum von gewaltigen, zerklüfteten braunen und grauen Felsmassiven umgeben, an die noch höhere Bergriesen mit zumeist nebelverschleierten, schneebedeckten Gipfeln stießen. Manche der Felsen hatten eigentümliche Formen und Farben, so daß sie markante Orientierungspunkte bildeten und bei den Hagrím Eigennamen besaßen wie etwa ›Rabe‹, ›Lachender Alter‹ oder ›Trauernde Witwe‹. Pflanzen wuchsen hier kaum, nur kurze Grasbüschel, Moose und Flechten. Dennoch lebten hier und da Tiere, stämmige Walbergwidder, Steinböcke, Klippschliefer, andere kleine Nagetiere und wenige Vögel – Krähen zumeist, aber auch Adler und Geier, die auf der Jagd große Entfernungen zurücklegen konnten. Die Rufe der Vögel und das gelegentliche Meckern der Wildschafe oder das Pfeifen der Schliefer waren nur selten zu hören und bildeten eine willkommene Abwechslung in dieser Welt der Stille.

Aigolf atmete tief die zwar dünne, aber dennoch würzig-frische Luft ein. Er mochte es sich nicht vorstellen, daß dieser Frieden durch ein tyrannisches Wesen, sei es magisch oder nicht, gestört werden sollte. Es erstaunte ihn immer wieder von neuem, wie diese Menschen es geschafft hatten, sich eine Lebensgrundlage zu erarbeiten und so viel an Getreide und Gemüse anzubauen und an

Haustieren zu züchten, daß es zum Überleben reichte. Nicht einmal die Zwerge lebten hier, obwohl in den Bergen sicherlich reiche Schätze verborgen lagen.

»Morgen werden wir schon das Meer sehen, und spätestens übermorgen sind wir am Strand«, eröffnete Rofen am dritten Abend plötzlich das Gespräch.

Aigolf nickte. Er hielt inzwischen mit den anderen gut Schritt, aber seine Glieder schmerzten ordentlich, und er freute sich darauf, im Flachland ein wenig entspannen zu können. »Ich hoffe, daß wir dort reiche Beute machen werden.«

»Das wird sich zeigen«, erwiderte Guran. Er kramte in einem Beutel und stopfte eine kleine Pfeife mit ein paar aromatisch duftenden getrockneten Blättern, die Tabak sehr ähnlich waren. Das war ein kostbarer, seltener Genuß, der entsprechendes Vergnügen bereitete. Jeder durfte von der Pfeife nacheinander zwei, drei tiefe Züge nehmen, bis sie ausgeraucht war.

»Das hat gutgetan«, gab Dorn mit einem zufriedenen Grunzen von sich. Sein Ziehbruder brummte nur zustimmend. Dorn fuhr fort: »Ein wenig Rauschkraut wäre natürlich auch angenehm, aber Schanfar verbietet es uns, bis wir zurückgekehrt sind.«

Aigolf schmunzelte, eingedenk seiner letzten Erfahrungen mit diesem Kraut. »Es ist gewiß besser so.«

Farang blinzelte unter buschigen Brauen. »Das ist eine gute Nacht«, sagte er langsam. »Das Auge der Méan leuchtet hell und ungetrübt, und die tausend Splitter von Sors geborstener Krone funkeln wie einst, als alles noch eins war, als es keine Grenzen gab zwischen Hell und Dunkel und Méan und Sor sich liebten.«

Aigolf sah ihn verwundert an. So viele Worte auf einmal hatte dieser Mann bisher noch nie gesprochen. Und Farang redete weiter, bedächtig und ruhig, mit sehr angenehmer Stimme. So erfuhr Aigolf die uralte Hagrím-Legende von der Liebe zwischen Méan und Sor, die in einem furchtbaren Krieg endete und schließlich zur Trennung von Ober- und Unterwelt und zum Wechsel von Tag und Nacht führte. Für Aigolf war das natürlich nur ein hübsches Kindermärchen, und er versuchte nicht, Vergleiche zu Praios und dem Madamal zu ziehen und Farang zu unterbrechen. Später erzählte Farang noch andere Sagen. Die Mythen waren sehr bodenständig und berichteten zumeist von der Not der Menschen und ihrem ewigen Kampf gegen das Wetter, doch auch die Liebe spielte eine wichtige Rolle. Magie wurde durch die Geister von Luft, Wasser und Erde ausgedrückt. Diese Geschichten waren genau das Richtige für kühle Abende an einem kleinen Feuer, irgendwo hoch im Gebirge, und Aigolf hörte träumend zu.

Später gab er selbst ein paar kleine Geschichten zum besten, und die Männer zeigten sich aufs höchste erstaunt über das vielfältige, bunte Leben Aventuriens. Sie lauschten auch den Legenden von den Zwölfen, die anzuhören so wunderbar zu der friedlichen Abendstimmung paßte – und maßen ihnen doch insgeheim keinen Deut mehr Bedeutung bei als der Bornländer den Geschichten der Hagrím. Keiner versuchte, den anderen mit Gewalt überzeugen zu wollen. Aigolf verstand sich nicht als Glaubensprediger, und er wußte aufgrund seiner Erziehung und langjährigen Erfahrung, daß sich ein jeder Mensch seine eigene Meinung bilden mußte und früher oder später von selbst zum wahren Glauben fand.

Der nächste Morgen brach an, ein frostiger Morgen, und die Männer rieben sich unter Scherzen die Hände warm. Sie hatten diesen Teil der Fahrt ohne Schwierigkeiten überstanden, Schanfars Vorhersage hatte sich als richtig erwiesen – wie eigentlich immer. Bald entdeckten die Männer den ersten grauen Schimmer des Meeres am Horizont, als die Berge allmählich zurückwichen und den Blick auf weites Land freigaben. Aigolf blieb staunend stehen, um diesen Anblick ganz in sich aufzunehmen.

Wenige Schritt von seinen Füßen entfernt fielen die Felsen steil zum Strand ab.

»Von nun an geht es nur noch bergab«, sagte Rofen vergnügt. Ein Blick zum Sonnenstand zeigte, daß der Zenit gerade überschritten war. »Nun beeilt euch, ihr Männer im fortgeschrittenen Alter, damit wir heute abend schon die Beute sichten und Fischnetze auslegen können!« Er sprang flink davon, und die anderen bemühten sich, ihm eiligst zu folgen.

Der Abstieg dauerte viele Stunden lang, und die Kraft ihrer Beine wurde so sehr gefordert, daß ihre Glieder geradezu schlotterten, als sie endlich den Strandstreifen erreicht hatten. Aigolf stieß seufzend den Atem aus und ließ sich völlig erschöpft rücklings in den Sand fallen.

»Sula (alter Mann)!« lachte Rofen. »Was gibt's an dir zu bewundern, daß Schanfar ein Loblied auf dich singt?«

»Sei nicht so frech, du«, knurrte Aigolf. »Es gibt mehr, als einer Ziege gleich in den Felsen herumzuspringen.«

»Da bin ich ja nur gespannt, was das sein könnte.«

Aigolf grinste nur. »Ich puste dich einfach um.«

Bevor der Junge etwas erwidern konnte, lag er schon auf dem Rücken. »Du bist klein, schnell und wendig, aber unaufmerksam«, sagte der rothaarige Krieger sanft. »Wenn du einmal jemandem begegnest, der zwar viel älter, aber größer ist als du, darfst du nicht zu selbstsicher auf deine Jugend vertrauen. Oder darauf, daß jemand soviel Humor wie ich besitzt.« Er zog Rofen hoch und zauste ihm das Haar. »Du darfst dich wieder über mich lustig machen, wenn du das nächste Mal mich umwirfst. Und jetzt wollen wir weitergehen, schließlich wird es bald dunkel.«

Guran, Farang und Dorn setzten sich wieder in Bewegung und folgten ihm. Nach einer Weile überholte Rofen sie und gesellte sich an Aigolfs Seite.

»Habe ich dich beleidigt?« fragte er.

Aigolf lächelte. »Nein. Aber du mußt lernen, daß das Leben gefährlich sein kann, noch dazu, wenn du hier draußen unterwegs bist und Suldrú erwachen könnte.«

»Kannst du mir deine Kunst beibringen?«

»Dazu würde es viele Jahre brauchen, Rofen. Und so lange werde ich nicht bei euch bleiben.«

»Ich verstehe.« Der Junge trottete neben ihm her, nachdenklich den Kopf gesenkt. »Ich meine nur, weil... Es könnte doch einmal notwendig sein, wenn ich wieder an den Strand komme. Manchmal sind die Auserwählten nicht zurückgekehrt...«

Aigolf blieb plötzlich stehen und sah dem Jungen gerade in die dunklen klaren Augen. »Ich kann dir beibringen, dich auch ohne Waffen zu verteidigen«, sagte er. »Wenn du das möchtest. Und wenn du neben deiner Arbeit die Zeit dafür findest. Aber du mußt mir versprechen, daß du diese Kunst niemals gegen einen deines Volkes anwenden wirst.«

»Das käme mir nie in den Sinn!« rief Rofen, und seine Augen leuchteten begeistert auf. »He, ihr!« wandte er sich an die Gefährten, die ihnen nachkamen. »Wollt ihr nicht auch etwas von Aigolfs Kunst lernen?«

Guran musterte den Bornländer ein wenig argwöhnisch. »Dies ist nicht Gottes Wille«, sagte er. »Wenn es Gottes Wille wäre, würden wir diese Kunst längst beherrschen.«

Dorn und Farang pflichteten ihm bei. Rofen machte ein enttäuschtes Gesicht und wollte widersprechen, aber Aigolf hielt ihn zurück.

»Ihr sprecht wahr«, antwortete er. »Doch vielleicht ist es nun an der Zeit, daß ihr es lernt. Wenn es nämlich Rondras Wille ist, so hat sie mich zu euch geschickt, daß ich euer Lehrmeister werde.« Damit wandte er sich um und setzte den Weg rasch fort, um den anderen Zeit zum Nachdenken zu geben.

Die Praiosscheibe war bereits auf dem Weg zum Horizont, als sie schließlich den Strand erreichten. Der Himmel schien zu brennen, das Meer war wie mit Blut übergossen, während der riesige Feuerball langsam tiefer sank. Die Luft war sehr viel wärmer als im Hochland, und die frische Brise brachte den Geruch von Salz, Tang und Fischen mit sich.

Aigolfs Herz schlug bis zum Hals, als er das Meer wiedersah, das ihn vor kurzem beinahe verschlungen hätte. Ich verzeihe dir, dachte er. Für ihn lag noch ein anderer Geruch in der Luft, die Verlockung nach fernen, unbekannten Landen, die es zu erforschen galt. Die Sehnsucht ergriff ihn wieder genauso heftig wie früher, als wäre er nicht vor kurzer Zeit noch schiffbrüchig gewesen und dem Tode nahe an diese Gestade gespült worden.

Unten am Strand lag, undeutlich im Dämmerlicht, ein riesiger dunkler Klumpen, von den Flutwellen halb getragen.

»Fisch!« schrie Dorn auf. »Endlich einmal große Beute!« Er lief sofort los, und die anderen folgten ihm, angesteckt von seiner Begeisterung.

Doch Aigolf stockte plötzlich mitten im Schritt. »Nein!« brüllte er. »Wartet! Bleibt stehen!« Als sie nicht auf ihn hörten, rannte er so schnell wie möglich weiter und sprang Dorn, der am weitesten voraus lief und das Messer bereits gezückt hatte, mit einem gewaltigen Satz an. Sie stürzten beide in den Sand und überschlugen sich, doch Aigolf war sofort wieder auf den Beinen und hielt die anderen mit dem gezückten *Drachenzahn* auf. Das Bastardschwert erglühte im Sonnenlicht und sandte rötliche Blitze über die Köpfe der Männer.

»Was ist denn in dich gefahren?« fragte Guran, mehr verdattert als eingeschüchtert. Dorn hatte sich inzwischen hochgerappelt und stellte sich neben seine Freunde.

»Bleibt stehen«, sagte Aigolf, ein gehetzter Ton lag in seiner sonst so ruhigen, tiefen Stimme. Er hob beschwichtigend die linke Hand. »Bitte. Bleibt einfach nur stehen. Ich erkläre euch alles. Aber ... kommt ihr nicht zu nahe!« Er drehte sich um und rannte, das Schwert immer noch in der Hand, auf den riesigen dunklen Körper zu, der weiterhin von den Wellen an den Strand getragen wurde, über den Sand trieb und wieder ein Stück ins Meer zurücksackte.

»Delora!« schrie Aigolf. »Delora, Delora!«

Seine Gefährten, die tatsächlich stehengeblieben waren, sahen in den letzten Sonnenstrahlen, wie er den gestrandeten Delphin erreichte, das Schwert achtlos in den Sand warf und geradezu über dem Tier zusammenbrach.

Farang legte eine Hand in den Nacken und kratzte sich bedächtig. »Ich glaube«, sagte er langsam, »ich glaube, heute werden wir eine Geschichte von Aigolf erfahren, und sie wird sicherlich hörenswert sein.«

»Aigolf.«

Sie antwortete, sie erkannte ihn. *Sie lebte.* Bei den Zwölfen, sie lebte noch, sie atmete, wenngleich sie auch unendlich schwach war. Bei Efferds Güte, sie lebte, sie lebte.

Aigolf versuchte sie in einer verzweifelten Geste zu halten, zu stützen; sein Atem ging schwer und keuchend, und er zitterte am ganzen Leib. »Ich hatte dich vergessen«, flüsterte er. »O Delora, die Erinnerung an dich lag unter einem dichten Schleier tief verborgen in mir, sonst hätte ich es niemals zugelassen, daß dir Schmerz zugefügt wird ...«

Den Untergang der *Prinzessin* und ihrer Mannschaft hatte Aigolf im Sinn behalten als einen bösen Traum, an den er nach dem Erwachen im Dorf der Hagrím kaum mehr gedacht hatte. Und auch jetzt war diese unliebsame, quälende Erinnerung nicht mehr als ein Nebel, doch Delora, seine Delphinprinzessin, war *jetzt* lebendiger denn je.

»Du solltest vergessen, Geliebter. Dein Leben soll nicht mit einer Erinnerung an eine unglückliche Liebe belastet werden.«

»Warum hast du nicht nach mir gerufen, als du in Not warst? Irgendeinen Weg hätte ich gefunden ...«

»Ich konnte nicht. Ich hatte keine Kraft mehr.«

Er befreite sich ungeduldig von den beengenden Gürteln, von Wams, Hemd und Stiefeln und watete ins seichte Wasser. Sein Atem ging weiterhin keuchend und pfeifend, und seine Hände tasteten zitternd über Deloras geschmeidige Haut. Das Licht reichte gerade noch aus, damit er die furchtbaren klaffenden Wunden erkennen konnte, mit denen ihr ganzer Körper übersät war.

»Allmächtiger Praios«, stieß er verzweifelt hervor. »Delora, wer hat dir das angetan?«

»Riesenhaie. Sie griffen mich an, als ich allein war. Ich wurde hierher getrieben, obwohl ich es nicht wollte. Geh fort, Aigolf. Laß mich in Ruhe sterben.«

»Du wirst nicht sterben, mein Delphin. Efferds Wille verfügte, daß du ausgerechnet hierher getrieben wurdest, damit ich dich finde. Ich werde dich heilen.«

»Das kannst du nicht. Es ist zu spät. Du weißt nicht, welche Pflanzen man dazu benötigt, noch könntest du sie hier finden...«

Aigolf sprang auf und wandte sich ab, erneut überwältigte ihn der Schmerz. Dieses wunderschöne Wesen hier so im Elend zu finden, konnte er kaum verkraften. Er hatte das Leid verwundeter Tiere noch nie ertragen können, doch dies hier war weitaus schlimmer, denn es war Delora, die Delphinfrau, die ihm das Leben zurückgegeben hatte und mit der er durch ein unzerstörbares Band verbunden war.

»Du kannst es schaffen, Delora«, flüsterte er. »Du bist ein magisches Wesen in Tiergestalt. Ich lasse nicht zu, daß du stirbst.«

Als er aufsah, blickte er in die betroffenen Gesichter seiner Gefährten. »Ich muß sie retten«, sagte er klagend. »Aber hier gibt es nichts...«

»Dummkopf«, sagte Farang. »Hat Schanfar dir nicht eigens etwas mitgegeben?« Er deutete auf den kleinen Beutel im Sand, der seit Tagen unbeachtet an Aigolfs Gürtel gehangen hatte.

Dem Bornländer stockte der Atem. Daran hatte er gar nicht mehr gedacht. Sie hat es in ihrem Orakel gesehen, ging es ihm durch den Sinn. »Deswegen also schickte sie mich auf diese Fahrt, deswegen gab sie mir diesen Beutel. O Schanfar, niemals kann ich dir dafür danken …

»Woher wußtest du davon?« fragte er verblüfft. Zum ersten Mal lächelte der hagere Mann. »Ich mag nicht viel reden, aber nicht, weil ich dumm bin«, antwortete er. »Mir entgeht selten etwas.«

Aigolf löste den Beutel vom Gürtel und öffnete ihn. Der Geruch, der ihm entströmte, betäubte den Krieger für einen Moment, und er schüttelte unwillkürlich den Kopf. Er kehrte zu Delora zurück und hielt den Beutel dicht an die Riechkerben über ihrem Schnabelmaul. »Das wird dich retten, Delora«, sagte er. »Atme es ein, vielleicht hilft es ein wenig, den Schmerz zu betäuben, bis ich dich verbunden habe.« Er wandte den Kopf seinen Begleitern zu. »Wollt ihr mir helfen?«

»Dumme Frage«, brummte Dorn. »Natürlich werden wir dir helfen.«

Er trat zu dem Delphin und berührte kurz die Maulspitze. »Du magst entschuldigen, Herr Fisch, daß ich dich verspeisen wollte, aber ich konnte nicht wissen, daß du Aigolfs Freund bist.«

»Es ist ein *Delphin*«, stellte Aigolf richtig. »Und *sie* heißt Delora.«

»Sag ihm, daß ich ihm danke.«

»Sie grüßt dich«, fügte Aigolf noch hinzu.

Dorn kicherte, als frage er sich, ob er gerade verrückt geworden oder ob dies nur ein Traum sei. Dann nickte er seinen Freunden zu. »Es ist zwar schon finster, aber bald wird sich Méans Auge öffnen, dann werden wir genug Licht haben, um Tang zu finden, mit dem wir sie verbinden können. Rofen, du hilfst Aigolf bei der Zubereitung der Medizin.«

»Das wird eine lange Nacht«, seufzte Guran. »Komm, Farang! Laß uns anfangen.«

Aigolf entfachte ein Feuer, während Rofen hastig die Fischnetze von den Stangen zerrte und an langen Schnüren von der Flut ins Meer hinaustragen ließ. »Du mußt schon entschuldigen, aber wir haben nicht viel Zeit, bis die Ebbe kommt, und wir brauchen viele Fische«, erklärte der junge Mann. Er watete zu den Stangen hinaus, um die Netze dort zu befestigen, wobei er schon bis zum Kinn im Wasser versank.

Als er zu Aigolf zurückkehrte, hatte dieser bereits einen Topf mit dem mitgeführten Quellwasser aufgesetzt und die Kräuter auf einem Stein ausgebreitet. »Es sind verschiedene Kräuter«, sagte er. »Wie soll ich sie zubereiten?«

Rofen lächelte. »Ich kann dir helfen. Aus einem Teil werden wir eine Paste bereiten, die wir in Blätter einwickeln. Sieh her, diese hier sind bereits zerstoßen. Die großen Blätter lege ich beiseite und feuchte sie etwas an, damit sie geschmeidig werden.« Mit geschickten Fingern machte er sich an die Zubereitung der Paste und sang leise ein Lied dazu, das die heilenden Kräfte der Pflanzen fördern sollte.

Um Mitternacht kehrten die anderen mit langen Seetangschnüren zurück, die sie miteinander verknüpften. »Ein ungewöhnlicher Verband, aber haltbar.«

»Die Flut geht schon zurück, wir müssen uns beeilen«, sagte Aigolf.

»Wir sind soweit«, berichtete Guran. »Die Frage ist: Wie legen wir ihr den Verband an?«

»Das erledige ich schon«, brummte der Bornländer. Er griff nach dem Topf mit der Paste und den Blättern und ging zu Delora. »Wir müssen dich jetzt verbinden, Delora«, sagte er leise. »Mag sein, daß es sehr weh tut, aber du mußt diese Schmerzen ertragen. Willst du es versuchen?«

»Ich werde alles ertragen, solange du bei mir bist, Geliebter.«

Er winkte seinen Gefährten. »Helft mir, sie muß tiefer

ins Wasser, damit wir einen festen Verband anlegen können.«

Je zwei Männer traten rechts und links an den Delphin heran, schoben ihn, den Rücksog der Wellen nutzend, so weit ins Meer hinaus, daß der schwere Körper einen Spann über dem Meeresboden schwamm, und versuchten ihn dann festzuhalten. Es war nahezu unmöglich, diesen fünf Schritt langen und einige Quader schweren Meeresgiganten zu stützen, wenngleich der Delphin den Männern verzweifelt zu helfen versuchte. Das Meer spielte mit ihnen, hob sie vom Boden hoch und trieb sie hin und her.

Aigolf begann damit, die Paste auf die schrecklichen Wunden aufzutragen; wenigstens hatte das Salzwasser die Blutung bis auf ein Sickern gestillt, und der Krieger war voller Hoffnung, Delora retten zu können. Sie quiekte schmerzerfüllt, als er die Paste tief in die klaffenden Risse und Löcher hineinrieb, aber sie hielt tapfer still, nur ihre Schwanzflosse bewegte sich im Ringen um einen festen Halt. Nachdem der Bornländer die aus dem Wasser ragenden Stellen versorgt hatte, deckte er sie sofort mit den Blättern und dem Tangverband ab.

»Mach schnell«, keuchte Dorn. Schweiß perlte ihm über die Stirn, an den Armen traten ihm dick die Adern hervor. »Es herrscht bald Ebbe.«

»Ich bin schon an der Seite.« Aigolf arbeitete fieberhaft schnell, trug die Salbe auf, deckte sie ab und legte den Verband darüber. Schließlich tauchte er unter und schob die Enden des Tangverbands unter Deloras Bauch hindurch, auf die andere Seite, wo sie von Rofen ergriffen und hochgezogen wurden.

Der erste Sonnenstrahl zeigte sich schon am Horizont, als sie endlich fertig waren und den Delphin weiter hinausschoben, in ein Wasserloch, das Aigolf im schwachen Licht der Dämmerung entdeckt hatte.

»Ist es tief genug?« fragte Aigolf besorgt.

»Es reicht, daß mich mein Gewicht nicht erdrückt.«

Farang und Rofen hielten Delora noch eine Weile fest, bis sie einigermaßen sicher waren, daß das Wasser an dieser Stelle nicht ganz abfließen würde, und ließen sich dann erschöpft neben die anderen beiden Hagrím in den Sand fallen. Sie waren so müde, daß sie weder Hunger noch Kälte spürten und nach wenigen Augenblicken eingeschlafen waren.

Aigolf aber blieb bei Delora. Er hatte seinen eigenen Umhang und den Farangs mit Meerwasser getränkt und sie dem Delphin über den Rücken gelegt. Er kauerte auf einem Felsen und hielt Deloras langes Schnabelmaul in seinem Schoß.

»Du wirst es schaffen«, flüsterte er.

»Ich bin so schwach ...«

»Dann werde ich dir Kraft geben.«

Er beugte sich vornüber, legte seine Stirn auf die ihre, schloß die Augen. Er besaß keine magischen Kräfte, glaubte aber dennoch plötzlich zu wissen, wie er Delora helfen konnte: Das Band zwischen ihnen würde es ihm erlauben, sie zu finden und ein wenig von seiner Willenskraft zu ihr hinüberfließen zu lassen.

Nach einer Weile war Aigolf völlig in seinem Traum versunken. Er träumte, daß er langsam und träge auf einem Meer dahintrieb, das keinen einzigen Tropfen Wasser enthielt, sondern Myriaden winziger funkelnder Kristalle, durch deren schwingende Wellen er elegant und geschmeidig wie ein Delphin hindurchtauchte.

Er war ein Delphin. Er bewegte die Arme, die zu breiten Flossen geworden waren, wie Flügel, seine Beine waren zusammengewachsen und endeten in einer mächtigen Schwanzflosse, mit der er den Kurs bestimmte. Er sah mit den Augen eines Delphins unbeschreibliche Dinge, die Menschen nicht zugänglich sind, und er hörte die Gesänge überirdischer Wesen und beantwortete sie. Er roch das tausendfältige Leben um sich herum und nahm es in sich auf, er stieß es mit der mächtigen Fontäne seines Atemstoßes wieder aus und erfüllte es neu mit seinem Gesang.

Er spürte, wie Freude ihn erfüllte, und jubilierend stieg er auf, stieg hoch über die Meerkristalle hinaus und der Sonne entgegen, die ihm zu Gefallen einen gewaltigen, in Tsas Farben schimmernden Bogen über den leuchtenden Himmel spann. Voller Freude stieg er immer noch höher, der Sonne entgegen, und sprang über den Regenbogen. Er wölbte den Nacken, als er dicht an den Flammen der Sonne vorbeiflog, durch ihre sengende Hitze hindurchtauchte und dann wieder hinabsank, dem ätherischen Meer entgegen, in die lichten Kristallfluten hinein. Er schwamm mit rasend schneller Fahrt weiter, denn während seines Sprunges hoch oben hatte er weit in der Ferne die schimmernden Gestade eines Landes aus Opal gesehen, und dies war sein Ziel. Schneller als jeder andere Delphin, schneller noch als der schnellste Falke am Himmel schoß er durch das Wasser und erreichte das Land innerhalb kurzer Zeit eine Reise, für die andere Äonen gebraucht hätten. Er sah, daß er erwartet wurde, und schwamm weiter auf den glatten opalfarben schimmernden Strand zu, und sobald er mit den Flossen das Land berührte, streifte er die Haut des Delphins ab und nahm menschliche Gestalt an. Nicht weit von ihm lag die Haut eines zweiten Delphins, der ebenfalls menschliche Gestalt angenommen hatte und ihn sehnsüchtig erwartete. »Delora!«

»Ich warte auf dich seit hunderttausend Jahren, solange die Sonne ihre Bahn am Himmel zieht und der Dunkelheit Einhalt gebietet, Geliebter.«

Er ging auf sie zu und nahm sie in die Arme. In diesem Traum gab es keine Grenze mehr zwischen ihnen, nichts, was sie voneinander trennte. Zum ersten Mal waren sie *wirklich* vereint, nicht nur in der schwachen Vision eines dahinsiechenden Schiffbrüchigen. Er glaubte sie wahrhaftig zu spüren, ihre warme weiche Haut, ihr liebliches Gesicht zu streicheln, sich in ihren großen dunklen Augen zu spiegeln, ihre korallenroten Lippen zu küssen und zu schmecken. Sie war schöner denn je zuvor, und er wurde nicht müde, sie zu betrachten und mit den Händen zu erforschen. Er sah wohl die Wunden an ihr, doch die küßte er einfach fort, bis sie makellos vor ihm stand, mit einem grünlichblauen Schimmer auf ihrer Haut und langen türkisfarbenen Haaren, in denen Kämme aus Fischbein steckten. »Ich liebe dich«, flüsterte er. »Ich liebe dich und will dich nie wieder verlassen. Laß uns hierbleiben, bis in alle Ewigkeit.«

Sie erwiderte seine Küsse mit der gleichen Leidenschaft und zog ihn zu sich hinab, und sie umarmten sich immer wieder voller Zärtlichkeit und Sehnsucht.

»Ich baue dir ein Haus«, fuhr er dann fort. »Wir werden dort leben als König und Königin über das Opalland, und wir werden Söhne und Töchter großziehen, die Heldinnen werden oder Prinzen. Ich möchte viele Kinder mit dir haben, Delora, und ich will glücklich und in Frieden mit dir leben. Ich will dich jeden Tag von neuem entdecken und dich beschützen, dich lieben alle Zeit.« Er beugte sich über sie, strich das lange Haar aus ihrer hohen Stirn und sah, daß silbrigglänzende große Tränen aus ihren Augen perlten. »Warum weinst du, Geliebte? Es ist mein Ernst. Ich gebe das Kriegerdasein für dich auf. Niemals werde ich die Welt der Menschen vermissen, solange ich dich habe.«

Aber sie hörte nicht auf zu weinen und hob ihre zarte Hand zu seinem Gesicht und strich darüber. »O Aigolf, Aigolf, wäre es nur möglich, aber es ist doch nur ein Traum. Es ist *dein* Traum, den ich mit dir teile, und diese Welt ist für uns wahrhaftig – doch sobald du erwachst, ist der Traum vorbei.«

»Und wenn dem so ist, so will ich nie mehr aufhören zu träumen, bis mich Rondra am Ende meiner sterblichen Tage an ihre Tafel ruft. Wenigstens so lange können wir uns ein Leben teilen.«

»Dies ist unser letzter gemeinsamer Traum, Geliebter.

Ich muß dich verlassen. Ich weiß nicht, ob wir in unseren Träumen jemals wieder zueinander finden, ob wir uns je wieder so nahe sind. Aber ich werde dich immer lieben.«

»Meine Liebe wird für alle Zeiten stark genug für uns beide sein. In meinen Träumen werde ich die Kraft haben, dich zu finden. In meinen Träumen wirst du stets so lebendig sein wie jetzt, und du wirst es wissen und mich finden. In meinen Träumen werden wir Mann und Frau sein, und nicht einmal die Götter werden es verhindern können.«

»Du solltest dich nicht an Träume verlieren...«

»Laß uns nicht mehr reden, Geliebte. Magst du auch ein Traum sein, so liebe ich dich mehr als mein Leben und werde dich in meinem Herzen bewahren. Eines Tages wird uns ein Wiedersehen vergönnt sein, doch laß uns jetzt nicht davon reden. Laß mich dich noch einmal lieben und halten, denn das ist meine letzte Erinnerung an dich, die ich diesmal mitnehme und bewahre.«

Aigolf erwachte, als der Delphin sich plötzlich regte. Delora riß den Kopf hoch, schüttelte die Umhänge vom Rücken und quietschte schrill. Dann krümmte sie sich, wand den schönen schweren Leib wie unter Krämpfen, stieß sich mit kraftvollen Flossenschlägen rückwärts aus dem Becken hinaus, auf das offene Meer zu. Ihre Schwanzflosse schlug laut klatschend auf, als sie sich aus dem seichten Wasser hinauskämpfte.

Aigolf watete ihr nach, so schnell er konnte. »Delora!« schrie er. »Delora!«

Aber der Delphin fegte mit gewaltigen Sätzen und unter schrillen Pfiffen über die Wellen und tauchte schließlich unter.

Aigolf stieß ein schmerzerfülltes Gebrüll aus und schlug in sinnloser Raserei auf das Wasser ein. Seine langen Haare flogen ihm wie eine flammende Mähne um die Schultern und verliehen ihm das Aussehen eines wuterfüllten Löwen, der gegen einen Bullen kämpfte. Schließlich aber kam er zur Ruhe und watete langsam zum Strand zurück, die Augen von Finsternis umhüllt, die Muskeln wie zum Kampf angespannt. Er verharrte erst, als er auf dem Trockenen stand. Das Wasser troff von ihm herab und versickerte im Sand. Seine Gefährten beäugten ihn, als wäre er ein Wassermann, der sich entschieden hatte, zum Menschen zu werden.

Der Krieger starrte die Hagrím unter herabgezogenen Brauen finster an, bis sich sein Blick allmählich klärte. »Wie lange?« fragte er dann ruhig.

»Ein Tag und eine Nacht«, antwortete Guran. »Wir haben dich nicht gestört, obwohl du über dem Delphin lagst wie tot. Wir haben nur die Umhänge immer wieder naß gemacht, damit Delora nicht austrocknete. Sie hat sich auch die ganze Zeit nicht gerührt, als wäre sie tot wie du. Aber jetzt hat sie es geschafft, Aigolf.«

Der Krieger nickte bedächtig. »Ja, sie hat es geschafft.« Er wandte den Kopf und starrte zum Meer hinaus, verfolgte mit den Augen ihre unsichtbare Spur. Für einen kurzen Moment überlief ihn ein Zittern, aber dann war es vorbei. In seinen Träumen würde sie immer bei ihm sein. Und in ihrem Namen würde er weiterhin versuchen, Gerechtigkeit für die Armen und Schwachen zu fordern. Das war ein gutes Ziel für einen Krieger, für das es sich zu leben und zu kämpfen lohnte.

5. Kapitel

Erste Begegnung

Die Hagrím waren inzwischen fleißig gewesen: Sie hatten eine große Anzahl Fische gefangen, ausgenommen und in Salz eingelegt. Das beim letzten Mal zurückgelassene Meersalz aus den Becken hatten sie in gewachste Lappen gewickelt und sämtliches Treibgut aufgesammelt, das sie hatten finden können. »Du scheinst ein Glücksbringer zu sein, Aigolf«, meinte Guran munter. »Einen so guten Fang in so kurzer Zeit hatten wir selten. Wir können frohgemut ins Dorf zurückkehren.«

»Wollt ihr nicht noch ein wenig länger bleiben und fischen?«

Alle vier schüttelten die Köpfe. »Die Zeit wird uns ohnehin knapp. Man soll das Glück nicht zusehr herausfordern. Wenn du soweit bist, können wir aufbrechen.«

Aigolf nickte. »Ich komme schon.« Er zog sich an, gürtete sich und hängte den nassen Umhang über einen Holzstab. »Wie habt ihr mich damals eigentlich über die Berge gebracht?«

»Mit einer behelfsmäßigen Trage. Leicht war's nicht, dich den Paß hinaufzutragen.«

»Nun, dann werde ich jetzt einen Teil der Ladung übernehmen.« Bevor einer der anderen widersprechen konnte, schulterte er den schwersten der drei Salzsäcke und lud sich noch einen Beutel mit eingelegten Fischen auf. »So geht's schneller als mit euren Tragen.«

Als es Abend wurde, hatten sie bereits ein gutes Stück zurückgelegt, obwohl es steil bergauf ging. Aigolfs Kräfte und Ausdauer waren vollständig zurückgekehrt, er fühlte sich sogar jünger und stärker als vorher. Sie wanderten bis zum Einbruch der Dämmerung, bis sie einen einigermaßen geeigneten Platz für ein Nachtlager gefunden hatten. Hier drehte Aigolf sich das erste Mal um und schaute aufs Meer hinab, das sich still und funkelnd bis zum Horizont ausbreitete.

»Leb wohl, Meeresprinzessin«, flüsterte er. Einen verzweifelten Augenblick lang hoffte er, daß sie in der Ferne plötzlich auftauchen und zu einem letzten Gruß aus dem Wasser spränge, aber diese Sehnsucht erfüllte sich natürlich nicht.

»He, Freund!« erklang Farangs Stimme hinter ihm, und der Bornländer drehte sich um. Ein Feuerchen brannte, und Fisch köchelte zusammen mit Kräutern in einem kleinen Topf. »Ich kenne ein gutes Mittel gegen den Schmerz.« Farang deutete einladend auf den leeren Platz zu seiner Rechten, der Aigolf zugedacht war. »Setz dich, iß mit uns und rauch anschließend eine gemeinsame Pfeife. Und dann berichte uns deine Geschichte.«

»Ich weiß nicht, ob ich das will«, murmelte der Bornländer.

»So begann auch die Geschichte von Méan und Sor«, entgegnete Farang und machte ein zufriedenes Gesicht. »Erweise uns die Ehre, unseren Überlieferungen eine neue Legende hinzuzufügen.«

Aigolf setzte sich und betrachtete die grob geschnittenen, freundlichen Gesichter dieser einfachen Menschen, die nur ihre kleine Welt zwischen Dorf und Strand kannten. Wie fremd mochte er ihnen erscheinen, und dennoch erkannten sie ihn inzwischen als Gefährten an, der eine ungewöhnliche Abwechslung in ihr hartes Leben brachte.

»Ich bin kein sonderlich guter Geschichtenerzähler, wenn es um mich selbst geht«, meinte er ein wenig verlegen.

»Ich werde dich unterstützen«, ermunterte ihn Farang.

»Es ist nicht schwierig. Doch zuerst laß uns essen und rauchen, dann fällt es dir leichter.«

Später erzählte Aigolf dann die Geschichte von seiner Reise mit der *Prinzessin* und von seiner Begegnung mit Delora. Nach anfänglicher Unsicherheit fand er sich schnell hinein, und die Hagrím hockten gespannt um ihn herum und lauschten aufmerksam, ohne ihn ein einziges Mal zu unterbrechen. Obwohl dies nur ein sehr kleiner Ausschnitt seines turbulenten Lebens war, zeigte sich fast ehrfürchtiges Staunen auf ihren Gesichtern, und so machte es ihm Freude. Und es stimmte, was Farang gesagt hatte: Sein Schmerz löste sich zusehends, und am Ende der Erzählung fühlte er sich sogar fast heiter und dachte voll Zärtlichkeit an die Prinzessin der Meere, seine Delphinfrau.

»Hättest du jemals gedacht, der großen und wahren Liebe deines Lebens zu begegnen?« fragte Guran aufgeregt.

Aigolf lachte. »Nein.«

»Ah, so besteht doch noch Hoffnung für mich«, seufzte Guran begeistert und löste damit allgemeines Gelächter aus.

Am nächsten Morgen mußten sie ihren Weg in strömendem Regen fortsetzen. Die Steine waren sehr glatt, und die Männer mußten sich fast auf allen vieren vorwärtsbewegen, so daß sie nur sehr langsam vorankamen. Erst gegen Abend erreichten sie den ersten Paß und schlugen das Nachtlager unter einem Felsüberhang auf. Es dauerte lange, bis sie ein kleines Feuer entfachen konnten, und dann scharten sie sich fröstelnd um die Flammen. Sie waren triefnaß und entsprechend schlecht gelaunt.

Nur Rofen sah darin etwas Gutes: »Auch wenn wir naß sind, sollten wir uns freuen, daß es Regen gibt. Bestimmt regnet es auch in unserem Dorf, und das ist gut für die Frühsaat. Vielleicht wird es ein gutes Jahr!«

Die anderen pflichteten ihm getröstet bei. »Es ist besser so«, sagte Dorn. »Salz und Fische sind trocken geblieben, weil wir sie gut verpackt haben. Unsere Felder brauchen dringend Wasser, und ihr werdet sehen, daß es morgen schon wieder trocken sein wird. Als ob wir noch nie eine unwirtliche Nacht erlebt hätten!«

Aigolf brummte etwas Unverständliches; da sein Umhang immer noch naß war, mußte er notgedrungen auf ihn verzichten. Er verbrachte eine jämmerliche Nacht und begrüßte am anderen Morgen voller Freude die Praiosscheibe, die sich rasch durch die dünnen Wolken hindurchkämpfte. Er weckte seine Gefährten, um weiterzuziehen: »Wie könnt ihr da noch schlafen, während doch schon hellichter Tag ist! Wir müssen uns beeilen.«

»Was soll diese Eile?« meinte Guran spöttisch. »Macht so ein bißchen Nässe gleich einen kümmerlichen Weichling aus dir, der die Nestwärme von Schanfars Röcken braucht?«

Aigolf funkelte ihn wütend an, sagte jedoch nichts. Er schulterte schweigend seine Last und ging voraus. Um den Rückweg zu finden, brauchte er seine Gefährten nicht.

Nach einer Weile kam Guran an seine Seite. »Ich wollte dich nicht beleidigen«, sagte er versöhnlich. »Es war nur ein Scherz. Jeder von uns weiß, daß du kein Weichling bist.« Er stieß ihn in die Seite und gackerte wie ein Huhn. »Es weiß auch ein jeder, daß du dein Fell mit Schanfar teilst, und da sie unsere Schamanin ist, wirst du dir noch so manches gefallen lassen müssen.«

Aigolf zuckte die Achseln. »Damit kann ich leben.«

»Nimm nicht alles so bitterernst, Freund. Alles ist charim und damit gottgewollt. Keinem von uns steht es zu, einem anderen vorzuschreiben, wie er leben soll.«

»Daran haltet ihr euch stets?«

»Wir leben so seit Anbeginn der Zeit, und somit kann es nicht falsch sein.«

Daraufhin schwieg Aigolf und ging etwas langsamer, fiel hinter die anderen zurück, um nachzudenken.

Er fuhr hoch, als er plötzlich den hohen Pfiff eines Falken über sich hörte.

»Gefahr.«

Die anderen waren schon ein gutes Stück voraus und hinter einem Felsvorsprung verschwunden. Aigolf zog das Bastardschwert *Drachenzahn* und lief los.

»Paßt auf!« schrie er. »Geht in Deckung!« Er wußte noch nicht, welche Gefahr ihnen tatsächlich drohte. Vielleicht war es auch blinder Alarm, alles schien so ruhig und friedlich – aber Aigolfs Gefahrensinn hatte sich noch nie zuvor geirrt. Mit erhobenem Schwert lief der Krieger um den Felsvorsprung, jeden Moment darauf gefaßt, von einem Ungeheuer oder einem Ork angefallen zu werden.

Rofen, Guran und Farang waren stehengeblieben und drehten sich nach ihm um, als er wie von Harpyien gehetzt um die Ecke fegte. »Los, versteckt euch dort unter dem Überhang!« rief er so scharf und befehlend, daß sie unwillkürlich gehorchten, ohne Fragen zu stellen.

Dorn, der die kleine Gruppe angeführt hatte, war nur noch zwei Schritt von dem Versteck entfernt, als plötzlich ein Schatten über ihn hinwegschoß und ihn zu Boden warf. Er wehrte sich nicht, sondern blieb einfach auf dem Rücken liegen und sah gleichsam ergeben zu dem Wesen auf, das über ihm kauerte. Obwohl ein langes Fischmesser in seinem Gürtel steckte, unternahm er nicht einmal den Versuch, sich zu verteidigen. Seine drei Gefährten standen ebenfalls ganz ruhig unter dem Überhang und schienen abwarten zu wollen, was nun geschah.

Aigolf verharrte einige Augenblicke lang , denn eine solche Kreatur hatte er noch nie gesehen. Das Wesen hockte auf zwei starken krallenbewehrten Echsenbeinen; sein mit struppigem Fell überzogener Leib sowie Arme und Hände waren menschenähnlich. Der auf einem biegsamen langen Hals sitzende Kopf aber zeigte eine abscheuliche, halb echsenhafte und halb wölfische Fratze mit glühendroten Augen, einer zottigen Halsmähne und einem mit scharfen Zähnen bewehrten Rachen. Das Geschöpf trug Tuchfetzen am Leib, die es früheren Opfern abgenommen haben mochte, und einen breiten Schultergürtel mit einer Halterung für eine Keule, die es nun in der rechten Klaue hielt.

Aigolf stieß einen wütenden Schrei aus und stürmte auf die Kreatur zu, die ihm den Kopf zuwandte und ihn einer Schlange gleich anzischte. Als sie das Aufblitzen der Schwertklinge sah, zog sie sich von Dorn zurück. Drohend schwang das unheimliche Wesen die mächtige stachelbewehrte Keule, aber Aigolf ließ sich davon nicht beeindrucken. Er ließ seinerseits das Schwert singend kreisen und ging weiter auf das Wesen zu. Bevor er jedoch angreifen konnte, drehte die Kreatur sich um und sprang mit einem mächtigen Satz auf den nächsten Felsen; von dort aus floh sie flink weiter den Hang hinauf und war bald darauf verschwunden.

Aigolf wandte sich wütend zu seinen Begleitern um. »Was soll das?« rief er. »Dorn, hast du den Verstand verloren? Wieso hast du nicht versucht, dich zu wehren?«

»Warum sollte ich?« erwiderte Dorn. »Dies war ein *Hagish*, ein *Drachling* Suldrús. Schon seit Menschengedenken überfallen die Hagish uns, rauben uns aus, und wenn es so sein soll, töten sie uns auch. Dies ist Suldrús Gesetz, denn die Hagish sind Jäger und die Hagrím ihre Beute. Das war schon immer so und wird auch so bleiben. Wenn dieser Hagish nun mich als sein Opfer erwählt hat, muß ich mich fügen.«

Aigolf ballte die Fäuste und fuhr die Männer an: »Ihr seid doch keine Hasen, keine Mäuse, die von Füchsen oder anderen Raubtieren gejagt werden! Ihr seid *Menschen* – euch haben die Götter Verstand geschenkt, begreift ihr das denn nicht?«

»Aber was hätte Dorn denn tun sollen?« fragte Rofen. »Er ist nicht so groß und stark wie du. Wenn er sich als Opfer gefügt hätte, hätte der Hagish uns andere verschont, und wir hätten unbeschadet die restliche Beute zum Dorf bringen können.«

Aigolf atmete tief durch, um sich zu beruhigen. Dann rieb er sich nachdenklich den Nacken. »Das ist schon merkwürdig«, sagte er nach einer Weile. »Rofen, ich kann mich erinnern, wie du mich vor ein paar Tagen darauf angesprochen hast, daß ich dich in der Kampfkunst unterrichten soll. Du hast deinen Wunsch sogar vor den anderen verteidigt.«

Rofen ließ den Kopf hängen. Er schwieg.

Aigolf hob die Hände, als wolle er das Unverständnis seiner Gefährten packen und den Abgrund hinabschleudern. Dann schüttelte er den Kopf. »Laßt uns weitergehen«, sagte er müde. »Wir haben schon genug Zeit verloren.«

Die restliche Zeit sprachen sie nicht mehr über das Geschehen. Für die Hagrím schien der Vorfall zu unbedeutend zu sein, als daß sie darüber nachdachten. Aigolf fügte sich diesem unausgesprochenen Wunsch, denn er wollte seine Freunde nicht zu sehr verunsichern. Er hatte kein Recht dazu, derart in ihr Leben einzugreifen, noch dazu da er sie ohnehin bald wieder verlassen würde. Am Abend bat er Farang um eine Geschichte, der diesem Wunsch gern nachkam. Danach hatte sich die Stimmung merklich gebessert, und Aigolf gab vor dem Schlafengehen noch ein fröhlich-derbes Wirtshauslied zum besten.

Als sie Tage später das Dorf erreichten, wurden sie bereits sehnsüchtig erwartet. Frauen und Männer unterbrachen die Arbeit und folgten den Kindern, die den ›Helden‹ lärmend entgegenrannten.

Aigolf überließ es den Gefährten, die Beute auf dem Dorfplatz stolz vorzuzeigen. Er blieb abseits stehen, mit verschränkten Armen und in die Ferne schweifendem Blick, gerade so, als hänge er angenehmen Gedanken nach. Tatsächlich aber nahm er diese entspannte Haltung oft ein, wenn er Wache hielt – er war sicher, daß die Begegnung mit dem Hagish noch Folgen haben würde und ständige Aufmerksamkeit notwendig machte. Es war ungewöhnlich, daß ein Scherge eines Tyrannen allein unterwegs war, und der Hagish war dem Kampf gewiß nur deshalb ausgewichen, um Verstärkung zu holen. Aigolfs Befürchtung, auf dem Rückweg noch ein zweites Mal überfallen zu werden, hatte sich glücklicherweise nicht bewahrheitet. Doch wenn Suldrú erst ›erwacht‹ war, drohte den Hagrím sicherlich große Gefahr. Und bis dahin, so hatte Aigolf sich fest vorgenommen, würde er wachsam sein – und gewappnet.

Da gesellte sich Schanfar zu ihm, um an seiner Seite dem fröhlichen Treiben zuzusehen.

»Sieh nur, wie einfach es ist, diese Menschen glücklich zu machen«, sagte die Schamanin lächelnd. »Der Fisch wird den Speiseplan um eine angenehme und gesunde Abwechslung bereichern, und mit dem Salz werden wir bestimmt den ganzen Sommer über versorgt sein. Unsere Leute werden nun mit viel mehr Freude auf den Feldern arbeiten.«

»Ich bin froh darüber, denn auf diese Weise kann ich ein wenig von meiner Schuld abtragen«, erwiderte der Krieger. »Obwohl es ohne mich noch eine… größere Beute gegeben hätte.«

Sie sah ihn an. »Ja, ich weiß.« Sie nickte zur Dorfmitte. »Sie wollen feiern. Wir reden besser in meiner Hütte weiter.«

»Denkst du, mein finsteres Gesicht könnte sie verschrecken?« meinte er und fletschte in einer Grimasse die Zähne.

»In der Tat«, stimmte sie erheitert zu. »Abgesehen davon möchte ich deinen Bericht in aller Ruhe hören.«

Aigolf sah sich in der kleinen Hütte um, ob sich in der kurzen Zeit seiner Abwesenheit etwas verändert hatte. Dann ließ er sich auf dem bequemen Fellager nieder und streckte seufzend die langen Beine aus. »Es ist nicht einfach, in dieser dünnen Luft zu wandern und Berge hinaufzuklettern. Ich muß gestehen, ich bin nicht unglücklich über meine Rückkehr.«

Schanfar ließ sich neben ihm nieder und reichte ihm einen Becher mit einer heiß dampfenden, aromatisch duftenden Flüssigkeit. Sie stieß ihren Becher behutsam gegen den seinen und trank in kurzen Schlucken. Dann beobachtete sie den Krieger über den Becherrand hinweg.

Aigolf erwiderte ihren Blick. »Du hast es gesehen«, begann er. »Deshalb hast du mich fortgeschickt.«

»Ich sagte dir, daß du gehen müßtest, Aigolf. Es ist meine Aufgabe als Schamanin, Unheil zu verhindern oder wenigstens zu bekämpfen.«

»Du erstaunst mich, Schanfar. Du besitzt ungewöhnliche Kräfte.«

»Du auch«, konterte sie. »Du bist nicht der einfache Krieger, als der du dich ausgibst. Früher einmal warst du ein Auserwählter – oder ein Geweihter, das konnte ich nicht deutlich erkennen. Dann ist etwas geschehen, das dein Leben und dich völlig veränderte.«

Er starrte in seinen Becher, sein Blick verdüsterte sich. »Für mich war tatsächlich ein besonderer Weg vorgesehen«, sagte er schließlich zögernd. »Doch bevor es dazu kam, wurde meine Familie ausgelöscht. Mein Leben wurde dadurch zerstört, und ich konnte diesen Weg nicht mehr beschreiten. Es war... unmöglich für mich geworden, weil... Ach, es ist unwichtig. Aber in Gedenken an meine Familie gelobte ich, das Unrecht zu bekämpfen, wo auch immer es geschehen mochte.«

Schanfar legte eine Hand auf seinen Arm, als sie merkte, wie schwer ihm das Weitersprechen fiel. »Du brauchst es mir nicht zu erzählen, Aigolf. Ich weiß auch so genug.«

Er setzte den Becher ab. »Ohne dich wäre Delora jetzt tot«, sagte er leise. »Du kannst dafür verlangen, was du willst.«

Sie musterte ihn nachdenklich. »Aigolf, denkst du, daß ich etwas dafür verlange?«

»Ich habe gelernt, daß man alles bezahlen muß.«

»Nun gut, dann nenne ich dir meinen Preis: Setz deine Fahrt fort und erfülle dein Gelöbnis! Nur so kannst du eines Tages deine größte Sehnsucht erfüllen und ein Leben mit Delora gewinnen.«

Aigolf spürte, wie ihm die Beherrschung dieser Situation entglitt. Schanfar sah Dinge, die er verbergen wollte, und er fühlte sich ihr ausgeliefert. Er zuckte zusammen, als er ihre Hand in seinem Haar spürte. Ihr Gesicht war nahe an seinem, als sie flüsterte: »Sorge dich nicht, mein schöner Krieger. Nichts könnte dich hier bedrohen. Vertrau mir! Manches an mir mag dir unheimlich sein, aber ich bin nur eine einfache Frau, der zufällig eine besondere Gabe zuteil wurde. Das erhebt mich weder über dich noch über andere. Und wenn ich mehr sehe, als dir lieb ist, so mach dir nichts daraus. Ich würde niemals einen Vorteil ausnutzen.«

»Ich begegnete schon einmal einer Frau, die tiefer in mich hineinsah, als ich selbst es je könnte«, murmelte er. »Sie ist eine mächtige Zauberin …«

»Ich besitze keine magischen Kräfte. Magie ist die Eigenschaft der Geister, aber ich bin ein Mensch. Ich kann nur *sehen*. Steht das nun zwischen uns?«

Aigolf strich ihr über die Wange. »Deine Liebe zu mir steht zwischen uns – und die meine zu Delora, auch wenn sie nur ein Traum ist. Aber meine Gefühle sind dieselben, als wäre sie aus Fleisch und Blut, denn in meinen Träumen lebt sie.«

Schanfar lächelte. Ein seltsames Funkeln lag in ihren dunklen Augen. »Was bedeutet das schon? Wenn ich gewollt hätte, daß du deine Geliebte verlierst, hätte dich nicht zum Meer geschickt. Und ich weiß, daß du mich nicht liebst. Muß ich mich deswegen grämen? Ich genieße die Augenblicke, da du bei mir bist, und werde sie in meinem Herzen bewahren, wenn du mich verläßt. Und ich begehre dich, Aigolf, und werde dich nicht einfach fortlassen …«

Er versuchte sich zu wehren, als sie ihn tiefer in die Felle drückte und sich an ihn schmiegte. »Delora ist ein Traum«, sagte sie leise lachend. »Mußt du dich deswegen bis an dein Lebensende als Mann verleugnen? Die Treue deines Herzens ist wichtig, aber an der ist mir nicht gelegen. Nur an dem, was ich hier sehe.« Während sie sprach, hatte sie schon mit geschickten Fingern begonnen, ihn auszukleiden. Als er ihre warmen Hände und ihre weichen Lippen auf der Haut spürte, brach sein Widerstand zusammen.

Später, als es draußen längst dunkel war und der Lärm des Festes bis in die Hütte drang, lagen sie in friedvoller Ruhe nebeneinander auf den Fellen. Die mattschimmernde Glut des Feuers verbreitete gerade genug Licht, um Schatten erkennen zu lassen.

»Sie werden uns vermissen«, sagte Aigolf.

»Ganz bestimmt«, erwiderte Schanfar und rückte dicht an ihn. »Und du kannst sicher sein, daß sie mit gutmütigen Scherzen über uns herziehen. Wir können uns ja später zu ihnen gesellen.« In diesem Augenblick gab Aigolfs Magen ein unmißverständliches Knurren von sich, und sie lachten beide.

»Mein Magen ist einverstanden«, meinte Aigolf. »Hoffentlich ist überhaupt noch etwas da.«

»Keine Sorge. Doch bevor wir gehen, möchte ich endlich deinen Bericht hören.«

Aigolf setzte sich auf und versuchte, die geflochtenen Haarsträhnen zu entwirren, bevor er endlich begann. Er berichtete ausführlich von dem Marsch, und Schanfar hörte ihm aufmerksam zu. Als er zu der Begegnung mit dem Hagish kam, wurde ihre Miene sehr ernst. »Dies sah ich nicht in der Weissagung, und das beunruhigt mich.«

»Vielleicht sahst du es nicht, weil es nur ein einzelner Hagish war.«

»Aber dabei wird es nicht bleiben.«

»Nein, ich gehe davon aus, daß es bald einen Angriff geben wird. Ich kann nicht weissagen, aber auch meine Erfahrung vermittelt mir das ganz deutlich. Es liegt etwas in der Luft.«

»Suldrú ist vor der Zeit erwacht. Nun gut, das ist nicht so wichtig. Die Reise ist erfolgreich verlaufen, und mehr als zweimal im Jahr können wir das ohnehin nicht wagen. Ich werde aber die Männer anweisen, noch fleißiger in den Bergen zu arbeiten, um genügend opfern zu können.« Sie seufzte. »Vielleicht werden wir diesmal davor bewahrt, ein Kind aussuchen zu müssen …« Sie bemerkte, daß er von ihr abrückte und mit gerunzelter Stirn in die Glut schaute. »Was hast du?«

»Nichts.«

Schanfar wurde es kalt, und sie zog sich das Fell hoch über die Brust. Aigolf hatte sich plötzlich von ihr entfernt, und sie wußte nicht, weshalb. Er konnte nicht wissen, daß sie ebensooft verunsichert war wie er; er hatte etwas Seltsames an sich, das sie nicht verstand. Die Weissagung hatte ihr viel über ihn gezeigt, doch nicht alles – und viele neue Fragen aufgeworfen. Zum Beispiel war er weitgehend unbeeinflußt von Magie, und dennoch hatte sie die Beziehung zwischen ihm und der geheimnisvollen Delphinfrau *gesehen*. Nichts an ihm paßte so recht zusammen. Und trotzdem war sie völlig sicher, daß er dem Guten verpflichtet war und seine hervorragenden Fähigkeiten als Krieger in den Dienst der Schwachen stellte. Er verstellte sich nicht, doch lag viel in ihm verborgen, das sie nicht erreichen konnte. Er war und blieb ein Fremder für sie. Manchmal vergaß sie das, besonders wenn sie in seinen Armen lag und von ihrer Liebe träumen konnte, aber ein Augenblick wie dieser machte es ihr schmerzlich wieder bewußt. »Wir können reden«, sagte sie leise.

Aigolf sah sie an. Seine Augen glitzerten; der Rest seines Gesichtes lag im Schatten. »Später«, sagte er. Er stand auf, streckte sich und spannte kurz die Muskeln an. Dann griff er wortlos nach seinen Sachen und zog sich an. Nach einer Weile verließ Schanfar ebenfalls die schützenden Felle. Sie war gerade mit dem Gürtel beschäftigt, als sie plötzlich Aigolfs Arme um sich spürte. Überrascht sah sie zu ihm hoch. Er drückte sie an sich und küßte sie innig. »Kleine Närrin«, sagte er. Leise lachend verließ er die Hütte.

6. Kapitel

Ein unerwartetes Geständnis

Am nächsten Tag suchte Aigolf die Hütte der Ältesten auf. »Tut mir leid, die Versammlung zu stören«, sagte er beim Eintreten. Seine vier Weggefährten, die beiden Ältesten und Schanfar waren anwesend. Vermutlich unterhielten sie sich gerade über die Reise. Sie sahen Aigolf verwirrt an, denn als Fremder hatte er bei einer solchen Unterredung nichts verloren. »Wir müssen über etwas reden«, fuhr der Krieger fort und ließ sich ganz selbstverständlich auf einem freien Platz nieder. »Ich weiß, daß ich hier nichts zu suchen habe, aber es geht um euer Leben.«

Die Hagrím sahen ein wenig hilflos zu ihrer Schamanin, ob sie nicht ein Machtwort sprechen wollte. »Aigolf, können wir das nicht verschieben?« fragte Schanfar. »Dies hier ist eine wichtige Zusammenkunft, an der niemand sonst teilnehmen darf. Wir können heute nachmittag mit dir reden, aber jetzt …«

»Ich weiß, wie wichtig euch eure Bräuche sind, und gerade deswegen mische ich mich ein«, unterbrach er sie. »Wenn ihr überleben wollt, müßt ihr euer Verhalten ändern.«

»Weshalb sollten wir das tun?« wollte der Älteste wissen. »Wir haben seit Anbeginn überlebt, weil wir niemals an den ehrwürdigen Überlieferungen gerüttelt haben. Jeder von uns ist auf seine Weise den Gesetzen unterworfen, auch du, Aigolf. Daß deine Gesetze andere sind, steht hier nicht zur Debatte. Wir zwingen dir unseren Glauben nicht auf, und du solltest ebenso nicht versuchen, uns zu beeinflussen.«

»Bitte geh!« bat Rofen leise. »Du bringst Unfrieden.«

»Nicht ich, sondern diese Kreaturen, die ihr Hagish nennt, bringen Unfrieden«, entgegnete Aigolf scharf. »Ich will euch helfen.«

»Du kannst uns nicht helfen«, sagte der zweite Älteste heftig. Er verschluckte die weiteren Worte, als Schanfar die Hand hob.

»Zwar dürfen hier keine Fremden teilnehmen oder sprechen, aber für Aigolf machen wir eine Ausnahme«, bestimmte die Schamanin, »wenn er das Bedürfnis hat.«

Der Bornländer nickte. »Ich habe das Bedürfnis, und zwar jetzt. Es scheint der rechte Augenblick zu sein.«

Die beiden Ältesten schüttelten mißbilligend die Häupter, sie schienen zu ahnen, worauf der Krieger hinaus wollte.

»Ich finde es ebenfalls gut«, mischte sich Farang plötzlich ein, »wenn Aigolf hier spricht. Schließlich ist er unser Gefährte gewesen und hat Dorn das Leben gerettet. Also soll er reden.«

Nach kurzem Zögern stimmten sein Ziehbruder und seine beiden Freunde zu.

Aigolf lächelte kurz. »Danke für euer Vertrauen, aber euch wird, was ich zu sagen habe, ebensowenig gefallen wie den Ältesten.«

»Du meinst den Hagish«, fiel Rofen sofort ein.

»Ja«, gab Aigolf zu. »Aber zuvor eine Frage: Sind die Ältesten schon von den Ereignissen während der Reise unterrichtet?«

»Weitgehend«, antwortete Dorn. »Von meiner Begegnung mit dem Hagish wollte ich soeben berichten.«

»Dann bin ich ja genau im richtigen Augenblick gekommen.« Aigolf nahm zufrieden eine bequemere Haltung ein. »Beende bitte zuerst deinen Bericht, Dorn!«

Der Angesprochene erzählte in knappen Worten von dem Überfall des Drachlings, Aigolfs Eingreifen und vom ruhigen Verlauf der restlichen Reise. Die Ältesten hörten sehr aufmerksam zu. Ihre Gesichter drückten deutlich die zwiespältigen Gefühle aus, die sie bewegten. Einerseits waren sie froh, daß Dorn dank Aigolf dem Tod entronnen war, andererseits widersprach das allen Regeln, nach denen sie lebten, so weit sie sich zurückerinnern konnten.

»Dies ist also der Grund deiner Einmischung«, wandte sich der Älteste schließlich an Aigolf, als Dorn seine Erzählung beendet hatte. »Du verlangst von uns eine Beurteilung deines Verhaltens?«

»Ich verlange von euch eine *Veränderung eures* Verhaltens«, erwiderte Aigolf. »Es widerstrebt mir, mitansehen zu müssen, wie ihr euch kampflos ergebt und euer Leben einfach wegwerft. Bedeutet es euch so wenig?«

»Unser Leben bedeutet uns sehr viel«, erwiderte Schanfar. »Doch es liegt in Gottes Hand, darüber zu entscheiden, wann unsere Zeit gekommen ist.«

»Aber das bedeutet doch nicht, daß ihr euch kampflos ergeben müßt.« Aigolf versuchte, so behutsam wie möglich zu reden, obwohl er innerlich vor Erregung zitterte. Er wußte aber, daß er den Hagrím nicht ins Gesicht sagen konnte, daß Suldrú kein Gott sein konnte. »Dorns Zeit war noch nicht gekommen, sonst hätte ich den Hagish nicht vertreiben können.«

»Du bist ein Fremder, den Suldrú, da er schlief, noch nicht erblickt hat. Nur deshalb glückte dein Angriff«, widersprach der zweite Älteste. »Es gibt Krankheiten, die wir zu bekämpfen versuchen, es gibt Unwetter, vor denen wir unsere Ernte schützen. Aber die Hagish sind etwas anderes. Wir *dürfen* uns ihnen nicht widersetzen.«

»Und warum nicht, verdammt?« rief Aigolf verärgert, bezähmte sich jedoch sofort wieder, als er die erschrockenen Gesichter seiner Freunde sah.

Der Älteste rügte ihn auch entsprechend: »Es besteht

kein Grund, es an Respekt mangeln zu lassen, Aigolf. Du bist unser Gast, das gibt dir aber nicht das Recht, dich über alle Regeln hinwegzusetzen.«

»Es tut mir leid«, beteuerte der Krieger. »Aber ich verstehe euch einfach nicht. Deshalb will ich mit euch reden. Wenn ich mich falsch verhalte, so liegt es nur daran, daß ich eure Bräuche nicht kenne. Bitte glaubt mir, daß ich euch nur helfen will.«

»Aigolf, wir wissen, wie wir überleben können«, sagte Schanfar. »Wir leben schon seit so vielen Generationen in diesen Bergen, daß wir die Zeit nicht messen können. Wir sind ganz anders als du, uns zieht es nicht hinaus in die Welt, sondern wir leben gern hier und sind unseres Daseins zufrieden. Noch vor wenigen Stunden hast du mir selbst gesagt, daß man für alles bezahlen muß. Und dies ist eben der Preis, den wir für unser Überleben zahlen müssen.«

»Indem wir einige wenige opfern, sichern wir das Überleben des Volkes«, fügte der Älteste hinzu.

»Und so ist es schon seit Anbeginn?« hakte Aigolf nach. Er merkte, wie die Hagrim zögerten.

»Ja«, antwortete der zweite Älteste schließlich. »Wir leben in Frieden. Dafür zahlen wir Tribut an Suldrú.«

»Und er würde unser Volk vernichten, wenn wir uns ihm widersetzten«, ergänzte Schanfar. »Er ist viel zu mächtig, als daß wir den Kampf gegen ihn aufnehmen könnten. Wir wären von vornherein zum Scheitern verurteilt, und unser gesamtes Volk würde ausgelöscht werden. Hältst du das für eine bessere Lösung?«

Aigolf dachte einige Zeit nach. »Aber ihr könnt euch doch nicht einfach Suldrús Willen ergeben …«

»Er ist unser Herrscher. Widersetzt du dich dem Willen deiner Herrscher?«

»Ich bin … Das ist doch jetzt ganz unwichtig. Suldrú ist grausam, ein Tyrann, der immer mehr fordern wird. Was werdet ihr tun, wenn ihr seine Forderungen eines Tages nicht mehr erfüllen *könnt?*«

»So weit wird es nicht kommen«, behauptete der Älteste.

»Ja, solange das Wetter mitspielt und es keine Krankheiten gibt«, sagte Aigolf sarkastisch. »Laßt ein Jahr kommen, in dem kein Regen fällt und die Trockenheit eure Ernte vernichtet. Laßt mehr als die Hälfte der Männer an einer unheilbaren Krankheit dahinsiechen. Denkt ihr, Suldrú wird es hinnehmen, daß ihr für ihn nicht in den Bergen arbeitet und daß ihr ihm keinen Tribut zahlen könnt? Denkt ihr, er wird euch helfen, bevor ihr verhungert?«

»So weit wird es nie kommen«, wiederholte der Älteste starrköpfig.

Schanfar schaute Aigolf ein wenig ängstlich an, als befürchte sie einen Zornesausbruch. Er bemerkte ihren Blick und lächelte. Es war ein trauriges Lächeln.

»Bekümmert es euch denn nicht, was aus euren Kindern wird?« fragte er leise.

Für ein paar Herzschläge herrschte betroffenes Schweigen.

»Suldrú kann nicht mehr verlangen, als wir ihm geben können«, versicherte der Älteste dann.

»Er *kann*«, widersprach Aigolf düster. »Und er *wird*.«

Schanfar hob flehend die Hände. »Aigolf, willst du denn alles zerstören, woran wir glauben?« fragte sie verzweifelt. »Willst du den Frieden zerstören?«

»Nein«, antwortete er bitter. »Nein, ich will euch kein Leid zufügen. Ich möchte doch nur, daß ihr begreift … Ihr sollt um euer selbst willen leben und arbeiten und nicht für einen Tyrannen! Ich möchte, daß euer Friede noch lange erhalten bleibt – aber er ist bedroht! Das will ich euch begreiflich machen! Auf dem Marsch habe ich erfahren, daß Suldrús Tributforderungen heute sehr viel höher sind als vor Jahren, da Guran und Farang noch Kinder und die Ältesten noch junge Männer waren. Eines Tages, wenn ihr Suldrús Forderungen nicht mehr erfüllen könnt, wird er euch vernichten – so oder so. Ihr habt dann keine Bedeutung mehr für ihn.«

Guran sprang auf. »Warum bist du dir dessen nur so sicher?« rief er empört. »Dort, wo du herkommst, mag es vielleicht so sein, aber nicht hier! Die ganze Zeit, seit du nun bei uns lebst, hast du nichts, *überhaupt nichts* von dem verstanden, was uns Sicherheit gibt und die Grundlage für ein harmonisches Zusammenleben bildet! Du siehst auf uns herab ...« Ohne eine Erwiderung abzuwarten, stürmte er aus der Hütte.

Rofen sah Aigolf vorwurfsvoll an, in seinen großen dunklen Augen standen Tränen. »Warum tust du das?« schluchzte er, sprang auf und stolperte Guran hinterher.

»Ich denke, es ist besser, wenn du jetzt auch gehst«, bat Schanfar leise.

Aigolf nickte, zwang sich zur Ruhe, obwohl ein Sturm in ihm tobte. Langsam stand er auf und verließ den Raum.

Am Abend suchte die Schamanin Aigolf in seiner Hütte auf. Er stand, den Rücken zum Eingang gewandt, reglos in der Mitte des Raums und starrte in die Ferne. Sie vermutete, daß er schon seit Stunden so verharrte, wahrscheinlich bemerkte er sie nicht einmal. Sie trat dicht hinter ihn und legte die Arme um ihn. Er umschloß ihre Hände und legte den Kopf in den Nacken, die Augen geschlossen.

»Ich kann's nicht, Schanfar«, sagte er leise. »Ich kann's nicht zulassen, daß ihr euch abschlachten laßt wie Vieh.«

»Ich weiß«, flüsterte sie und schmiegte die Wange an seinen breiten Rücken. »Aber wir *können* nicht kämpfen, Aigolf, versteh das doch. Wir sind dafür nicht geschaffen.«

»Gibt es denn keine andere Möglichkeit?« fragte Aigolf hartnäckig. »Habt ihr wenigstens einmal darüber nachgedacht, was ihr sonst tun könntet?«

»Du meinst, diesen Ort zu verlassen?«

»Ja, das meine ich. Ihr könnt vielleicht nicht kämpfen, aber ihr könnt fortgehen! Es gibt bestimmt einen Ort in den Bergen, weit entfernt vom Joch des Tyrannen, wo es sich nicht schlechter leben läßt als hier.«

»Vielleicht gibt es einen solchen Ort«, stimmte Schanfar zu. »Aber wie sollen wir ihn finden? Das Gebirge ist so groß, daß wir für diese Suche Jahre brauchen würden. Wir haben Kinder, Kranke, Alte und Schwache. Wir können sie nicht für eine Suche mit ungewissem Ausgang opfern.«

»Nein«, gab er niedergeschlagen zu. »Nein, natürlich könnt ihr das nicht. Und genausowenig könnt ihr Kundschafter ausschicken. Bei eurer harten Arbeit könnt ihr niemanden entbehren.«

»Wir wollen das auch nicht, solange wir hier unser Auskommen haben. Wir leben schon immer an diesem Ort. Wir können nicht einfach fortgehen und alles aufgeben. Es gibt kein anderes Leben für uns, wenn wir die Hagrím bleiben wollen. Wenn wir fortgingen würden, würde sich alles ändern, und ich weiß nicht, ob ausschließlich zum Guten.«

»Aber Schanfar, ihr könnt doch nicht alles einfach hinnehmen und … und eure Kinder opfern! Das ist so unvorstellbar für mich! Du hast ja keine eigenen Kinder – aber ich. Auch wenn ich die meiste Zeit fern von ihnen bin und sie nur sehr selten sehe, so bedeuten sie mir doch viel, und ich könnte den Gedanken nicht ertragen, an ihrem Tod schuld zu sein!«

»Ich werde vielleicht bald eins haben«, sagte Schanfar so unvermittelt, als hätte sie dem Krieger gar nicht zugehört.

Aigolf öffnete die Augen und drehte sich zu ihr um. »Was hast du da gesagt?«

Die Schamanin wich seinem Blick aus. »Ich bin noch nicht ganz sicher, aber ich glaube, ich bekomme ein Kind von dir«, murmelte sie.

Dem Krieger blieb der Mund offenstehen, und er stieß ein gequetschtes Stöhnen aus. Einen Moment lang schien er unschlüssig, was er sagen oder tun sollte. Dann schloß er die Schamanin in die Arme. »Das macht es nicht gerade leichter, Schanfar!« seufzte er und sah zu ihr hinunter. Du wolltest, daß das passiert, nicht wahr?«

Sie lächelte verschämt. »Ich habe mir schon so lange ein Kind gewünscht«, flüsterte sie. »Und als sie dich brachten und ich dich das erste Mal sah, wußte ich sofort, daß nur du der Vater sein durftest... Deine Stärke und meine Gabe vereint... Schließlich, ich werde nicht jünger, und schon in wenigen Jahren wäre es zu spät...«

»Aber Schanfar, ich muß weiterziehen...«

»Mach dir keine Gedanken, Aigolf. Schamaninnen ziehen ihre Töchter ohnehin ohne Mann auf, so tat es auch meine Mutter. Du dürftest dich gar nicht um die Kleine kümmern.«

»Was macht dich so sicher, daß es ein Mädchen wird?«

»Ich weiß es.«

Er seufzte wieder. Sie schmiegte sich enger in seine Arme, und er streichelte gedankenverloren ihr Haar.

Die nächsten Tage zeigte der Bornländer sich nicht allzuoft im Dorf. Er nahm an, daß seine Gefährten wütend auf ihn waren, und wollte es nicht auf einen Streit ankommen lassen. So nutzte er die Zeit, um das Gelände zu durchstreifen und nach Gefahren Ausschau zu halten. Doch einstweilen blieb alles ruhig und friedlich. Die Männer arbeiteten in den Bergen, die Frauen, Kinder und Heranwachsenden auf den Feldern. Sie schienen sich nicht darum zu kümmern, ob ein Überfall durch die Drachlinge bevorstand. Die Dörfler hatten auch zuviel zu tun, um die Zeit mit sinnlosen Gesprächen über mögliche Überfälle zu vertrödeln. Nach etlichen verregneten Tagen hatte sich die Sonne einen Weg durch die Wolken erkämpft, und es wurde rasch wärmer. Die erste Saat ging auf und überzog die Terrassen mit einem zartgrünen Schimmer. Alles wäre gut, dachte Aigolf, wenn nicht diese ständige Bedrohung wäre. Aber diesmal werden die Drachlinge eine Überraschung erleben, dafür werde ich sorgen. Ich kann es nicht zulassen, daß diese Menschen so geschunden werden.

Eines Nachmittags kam ihm auf dem Rückweg Farang entgegen. Aigolf blieb abwartend stehen. Der Hagrím suchte einen einigermaßen bequemen Platz vor den Felsen und bedeutete Aigolf, sich zu ihm zu setzen. Er zog eine kleine Pfeife hervor, stopfte sie und zündete sie mit einem glimmenden Hölzchen an, das er wohl aus seiner Hütte mitgebracht hatte. Nach ein paar Zügen reichte er die Pfeife an Aigolf weiter. »Du hast dich lange nicht gezeigt, Freund«, setzte er an.

»Es erschien mir besser so, nach der letzten... Auseinandersetzung.« Aigolf rauchte und gab die Pfeife zurück. »Ich bringe nur Unruhe in eure Gemeinschaft.«

»So ein Unsinn!« brummte Farang. »Sicher, Rofen war anfangs ziemlich wütend auf dich, aber nachdem er sich beruhigt hatte, bewunderte er dich noch mehr als vorher.«

»Er bewundert mich?«

»Natürlich. Hast du das noch nicht bemerkt? Unsere Halbwüchsigen reden fast nur von dir und deinen Taten. Rofen hat den Bericht über unsere Reise entsprechend ausgeschmückt. Du bist ein Held für sie.«

Aigolf runzelte die Stirn. »Hoffentlich versuchen sie nicht, mir nachzueifern.«

Farang schüttelte den Kopf. »Ich glaube nicht. Du weißt, daß uns das Kriegshandwerk fern liegt. Das ist gut und soll auch so bleiben. Dennoch können wir eine Menge von dir lernen.«

»Ich bin nicht so sicher, ob das für euch gut ist«, murmelte der Krieger. »Ich habe euch schon zusehr beeinflußt. Früher gab es keinen Zorn und Streit zwischen euch.«

»Sicherlich gibt es Streit zwischen uns – nur ist er stets von kurzer Dauer. Wir haben den Vorfall längst vergeben und vergessen, auch Guran. Er vermißt dich.«

»Im Ernst?«

»Wenn ich es sage.«

»Ich dachte, er sei eifersüchtig… Ich weiß, daß er in Schanfar verliebt ist.«

Farang lachte leise. »Schon seit Jahren. Er weiß, daß sie ihn niemals unter ihre Felle nehmen wird, aber er umwirbt sie trotzdem auf seine schüchterne Art. Das hindert ihn nicht, mit dir befreundet zu sein.«

Aigolf schaute sinnend in die Ferne. »Wo ich herkommen, kann die Eifersucht eine große Rolle spielen. Sie hat schon Kriege entfesselt und die besten Freunde zu Feinden gemacht.«

»Ihr seid wohl merkwürdige Leute.« Farang sog an der Pfeife und stieß ein blaugraues Wölkchen aus, das über seinem Kopf emporschwebte und sich in der leichten Abendbrise rasch verflüchtigte. »Es ist schwer für dich, Aigolf. Das weiß ich. Doch nimm es einfach hin und ziehe nicht immer alles in Zweifel. Vielleicht ist unsere Lebensweise nicht unbedingt die richtige, aber die deine ist es bestimmt auch nicht. Wir sollten die Zeit nutzen, die wir miteinander verbringen, denn wir können voneinander lernen.«

Eine Weile rauchten sie schweigend, dann sprach Aigolf einen Gedanken aus, der ihn besonders beschäftigte: »Farang, kann es auch geschehen, daß Kinder der Schamanin geopfert werden?«

»Nein, das ist undenkbar. Unsere Geschichte berichtet nicht davon.« Farang warf ihm einen Blick zu. »Das läßt dich nicht los, nicht wahr?«

Aigolf nickte. »Farang, auch wenn es gegen eure Gesetze verstößt: Ich werde es nicht zulassen, daß euch irgendeines eurer Kinder weggenommen wird, solange ich hier bin.« Farang schwieg, und Aigolf fuhr fort. »Wie erwählt ihr eure Schamanen. Sind es immer Frauen?«

»Männliche Schamanen gibt es nicht, da nur Frauen die Gabe des Sehens erben. Sollte eine Schamanin einmal keine eigene Tochter haben, verleiht sie die Würde einem auserwählten Mädchen unter fünf Jahren. Die Gabe

schlummert in vielen Frauen, die sie an ihre Töchter wei-
tervererben, sie muß jedoch erweckt werden. Die Schamanin erzieht das Kind wie eine eigene Tochter und bildet es als ihre Nachfolgerin aus.«

»Hm«, brummte Aigolf. »Was ist, wenn die Schamanin
nur Söhne bekommt?«

Farang lächelte. »Es ist noch nie vorgekommen, daß
eine Schamanin ein männliches Kind gebar.« Aigolf sah
ihn verdutzt an. Der Hagrím nickte bekräftigend. »So
wird es auch bei Schanfar sein«, fügte er hinzu und grinste breit über Aigolfs Gesichtsausdruck.

»Das *kannst* du nicht wissen!« rief der Krieger.

»Doch, ich weiß es von Schanfar«, bekannte Farang
vergnügt. »Du mußt wissen, daß ich ihr bester Freund
bin, schon seit unseren Kindertagen. Ich bin nur wenig
jünger als sie ... und wir hatten denselben Vater.«

Aigolf war so verblüfft, daß ihm für einen Augenblick
die Stimme wegblieb. »Nun, jetzt verstehe ich so manches«, meinte er, nachdem er sich gefaßt hatte.

Der Hagrím klopfte ihm auf die Schulter. »Ich freue
mich, daß sie dich erwählt hat, Aigolf. Das Wohl unseres
Volkes liegt seit jeher in der Hand der Schamanin, denn
sie besitzt die Gaben des *Sehens* und der Heilung. Ihr Wissen wird von Generation zu Generation weitergegeben
und sichert uns das Überleben. Dein Erbe wird viel Gutes
dazu beitragen.« Er stand auf und machte sich an den Abstieg. »Ja, bestimmt wird es so sein«, fügte er heiter und
zuversichtlich hinzu.

Zweiter Teil

DER
TYRANN

7. Kapitel

Der Tribut

Aigolf erhob sich, um Farang zu folgen, als sein Blick unwillkürlich auf dem Abhang jenseits des Tales verharrte – irgend etwas hatte dort aufgeblitzt. Er spähte angestrengt hinüber. »Farang…«

Der Hagrím blieb stehen und drehte sich um. »Was ist?«

Der Krieger deutete zu dem gegenüberliegenden Hang. »Arbeiten dort Männer aus dem Dorf?«

Farang sah in die ihm gewiesene Richtung. »Dort? Nein, darüber ist mir nichts bekannt. Deine Augen sind schärfer als meine; hast du etwas gesehen?«

»Ich weiß es nicht… Da war etwas, wie ein Aufblitzen und ein huschender Schatten…« Aigolf ließ die Hand fallen. »Vielleicht nur eine Täuschung.«

»Oder verwilderte Ziegen.« Farang winkte. »Komm endlich, Schanfar wartet bestimmt schon. Heute abend gibt es ein Weihefest zu Ehren der Mädchen, die die Reife zur Frau erreicht haben. Wir werden singen und tanzen, und auch du bist eingeladen.«

»Geh nur voraus. Ich komme gleich nach.« Aigolf blieb noch eine ganze Weile stehen und musterte aufmerksam die Berghänge, aber so sehr er sich auch bemühte, er konnte nichts Verdächtiges entdecken. Als er einen Pfiff über sich hörte, sah er nach oben. Ein Sturmfalke kreiste hoch über ihm, der seinen einsamen, klagenden Ruf ausstieß und sich dann vom Wind davontragen ließ. Wenn ich nur durch seine Augen sehen könnte, dachte der Bornländer. Ich weiß, daß dieser Frieden trügerisch ist. Ich weiß, daß ich dort drüben etwas gesehen habe und daß es nichts Gutes verheißt.

Es hatte keinen Sinn, länger zu warten. Der Feind zeigte sich bestimmt nicht, solange der Krieger hier oben weithin sichtbar Wache hielt. Außerdem wollte Aigolf die Leute im Dorf nicht unnötig beunruhigen, um die Vorfreude auf das Fest nicht zu trüben.

Als er schließlich das Dorf erreichte, waren die Vorbereitungen in vollem Gange. In Schanfars Hütte drängten sich sechs kichernde Mädchen, die sich gegenseitig beim Ankleiden und Schmücken halfen. Schanfar bemühte sich, farbige Symbole auf die hübschen jungen Gesichter aufzutragen, und schimpfte mehrmals lauthals los, weil die Mädchen vor lauter Aufregung nicht stillhalten konnten.

Aigolf, der unbemerkt eingetreten war, beobachtete sie eine Weile stillvergnügt, bis eines der Mädchen zufällig in seine Richtung sah. Die Kleine kreischte auf, und alle sechs Mädchen stoben wie aufgescheuchte Küken auseinander.

»Aigolf Thuransson, du solltest dich schämen!« schalt die Schamanin. »Scher dich hinaus, du hast hier nichts verloren! Dies ist Frauensache!«

Er hob lächelnd die Hände. »Verzeihung, ich bin ahnungslos hier hineingestolpert ...«

»Und genauso stolperst du auch wieder hinaus!« Schanfar griff nach einer Schöpfkelle, und er zog sich lachend zurück.

Anläßlich des Festes wurden in der Dorfmitte Holz und ausgetrockneter Ziegen- und Eselsmist für ein großes Feuer zusammengetragen. Die Männer plünderten ihre Vorräte an Kräuterschnaps und getrockneten Rauschkräutern. Die Frauen brachten gebratenes Ziegenfleisch, gesalzenen rohen Fisch und Getreidekuchen. Die Ältesten trugen mit Eselshaut bespannte kleine Trommeln herbei, ebenso zwei bauchige Zupfinstrumente, die sie *Tadif* nannten.

Aigolf bot seine Hilfe an; die Hagrím lehnten jedoch mit Bestimmtheit ab – viel hätte es ohnehin nicht zu tun gegeben, die Vorbereitungen waren so gut wie abgeschlossen. Inzwischen war es dunkel geworden, und rund um den Dorfplatz wurden kleine Fackeln entzündet.

»Aigolf, wirst du heute abend ein Lied singen?« erklang Rofens fröhliche junge Stimme neben dem Bornländer.

»Ich weiß nicht so recht, ob meine Lieder zu diesem Anlaß passen ...«, meinte Aigolf zögernd.

»Ach, den Text versteht doch ohnehin niemand«, sagte Rofen munter. »Und wenn die Ältesten dich auf den Instrumenten begleiten, klingt das bestimmt sehr hübsch!«

»Wenn du meinst ...« Aigolf grinste. »Aber nicht heute. Das nächste Mal, Junge. Wenn der Anlaß weniger feierlich ist.«

»Das Fest soll beginnen!« rief Dorn in diesem Moment laut über den Platz und klatschte in die Hände. »Auf eure Plätze; Schanfar wird nun die Mädchen bringen!«

Guran entzündete das Feuer, in dessen unmittelbarer Nähe sich die erwachsenen Männer in einem großen Kreis auf den Boden hockten, die Frauen blieben hinter ihnen in kleinen Gruppen stehen. Manche Kinder setzten sich zu den Vätern, die anderen liefen aufgeregt herum.

Rofen sah sich suchend um und entdeckte Aigolf schließlich allein am Rand des Platzes. Die große Gestalt des Kriegers war halb in den Schatten verborgen; das mächtige Schwert, auf das er sich stützte, schimmerte schwach im Feuerschein. Der Junge stand auf und ging zu ihm. »Willst du dich nicht zu uns setzen?« fragte er schüchtern.

»Nicht, solange ich Waffen trage«, antwortete Aigolf. »Waffen gehören niemals zu einem solchen Fest, Rofen.

Aber ich kann auch von hier aus daran teilnehmen, während ich Wache halte.«

»Warum willst du Wache halten? Das wird nicht notwendig sein.«

»Ich hoffe, daß du recht hast.« Aigolf wandte den Kopf, als er eine Bewegung zwischen den Hütten bemerkte. »Setz dich wieder, mein Junge, die Mädchen kommen.«

Rofen beeilte sich, erneut seinen Platz einzunehmen. Die Ältesten setzten gerade mit einem für Aigolfs Ohren sehr fremden Singsang ein, den sie mit den Instrumenten begleiteten. In einer feierlichen Prozession erschienen nun die Mädchen; sie versuchten, stolz und ernst zu wirken, aber als sie die vielen Augen auf sich gerichtet fühlten, konnten sie ein Lächeln nicht unterdrücken und schlugen verlegen die Augen nieder. Sie traten in die Mitte des Kreises und stellten sich paarweise einander gegenüber. Auch Schanfar trat in den Kreis und verkündete mit getragenem Gesang, daß diese Mädchen nun die Reife der Frau erreicht hätten und ihren Platz in der Gemeinschaft erhielten. Das Lied klang sehr feierlich. Einigen der Mütter war die Rührung anzusehen, ihre kleinen Mädchen heute dort zu sehen, wo sie selbst vor Jahren gestanden hatten, Freude und Trauer zugleich spiegelte sich in ihren Gesichtern wider.

Nach der mit rituellen Gesten begleiteten Einleitung verließ Schanfar den Kreis, und der Tanz der Jungfrauen begann, unterstützt von dem Musikspiel der Ältesten und dem rhythmischen Händeklatschen und Gesang der Frauen. Die Mädchen bewegten sich anmutig, ihre geschmeidigen Leiber bogen sich beim Tanze wie schlanke junge Birken im Wind.

Als das Trommeln und die Klänge der Tadif lauter wurden, gesellten sich nach und nach auch die erwachsenen Frauen und die Kinder zu den Jungfrauen und begannen es jenen gleichzutun. Mit der Zeit wurden die Tänze wilder, die Mädchen drehten sich immer schneller im Kreise, die Kinder wirbelten um sie herum. Selbst die erwachsenen Frauen gaben sich immer mehr den Klängen der Musik hin. Die Männer ließen die Schnapskrüge kreisen, mit Rauschkräutern gestopfte Pfeifen wurden angeraucht; die Stimmung wurde spürbar gelöster und heiterer. Einige Jünglinge tanzten nun ebenfalls, am Rande des Kreises die Frauen begleitend. Andere sangen nach Herzenslust, und die Frauen lachten fröhlich.

Während der ganzen Zeit blieb Aigolf an seinem Platz stehen und beobachtete mit geteilter Aufmerksamkeit sowohl das Fest als auch die Dunkelheit zwischen den Hütten. Niemand beachtete ihn, und so fiel es auch keinem auf, als er plötzlich verschwand.

Gegen Morgen war das Fest schließlich beendet; manche hatten noch den Weg in ihre Hütten gefunden, die meisten aber waren mitten auf dem Dorfplatz eingeschlummert, und die unterschiedlichsten Schnarchtöne hatten die Gesänge abgelöst. Männer, Frauen und Kinder boten ein friedliches Bild. Überall lagen abgenagte Knochen, Fischgräten und leere Schnapskrüge herum, zwischen denen leise meckernd Ziegen auf der Suche nach Eßbarem herumliefen.

Schanfar, die sich noch vor Mitternacht in ihre Hütte zurückgezogen hatte, war frühzeitig erwacht und betrachtete kopfschüttelnd und lächelnd das Durcheinander auf dem Dorfplatz. Als sie Aigolf den Pfad von den Terrassenfeldern herunterkommen sah, ging sie ihm entgegen. »Hast du die ganze Nacht über Wache gehalten?«

Der Krieger nickte, streckte die Arme aus und gähnte herzhaft. »Ich könnte jetzt irgend etwas Erfrischendes vertragen.«

»Ich habe gerade einen Kräutertrank bereitet«, sagte Schanfar. »Komm.«

Während Aigolf es sich auf den Fellen gemütlich machte, füllte Schanfar einen Becher und reichte diesen dem Krieger zusammen mit einem wohlduftenden feuchten Tuch, das er sich erleichtert seufzend auf die Stirn legte. Er trank den Becher in einem Zug leer und ließ sich dann erneut zurücksinken.

»Du mußt sehr müde sein«, bemerkte die Schamanin, die mit dem Sortieren von Kräutern beschäftigt war.

»Mmmhm«, erwiderte der Krieger nur.

»Gab es etwas Besonderes?«

»Nichts, wobei ich Hilfe gebraucht hätte.«

Schanfar hielt inne. Sie hatte das Gefühl, als lege sich eine eiskalte Hand um ihr Herz und drücke es langsam zusammen. »Es ist soweit?« fragte sie leise und mit banger Stimme, so als kenne sie bereits die Antwort.

»Ja.« Aigolf blinzelte unter dem Tuch hervor. »Zwei von ihnen habe ich erwischt. Sie schnüffelten auf den Feldern herum. Aber ich bin sicher, auf der anderen Seite des Berges noch andere gesehen zu haben.«

»Aber dann hätten sie doch gestern schon kommen können!«

»Du kennst die Hagish natürlich besser als ich, Schanfar. Ich kann dir nur sagen, was ich beobachtet habe.« Aigolf gähnte erneut und deckte sich mit einem Fell zu. »Wir können später weiterreden. Laß mich nur ... einige Augenblicke ...«

Als er nicht weitersprach, sah Schanfar zu ihm hin. Er war mitten im Satz eingeschlafen.

Als Aigolf Stunden später erwachte, waren die Spuren des Festes schon beseitigt, und es herrschte reges Treiben auf dem Dorfplatz. Schanfar unterhielt sich gerade mit den Ältesten und winkte ihm zu, als sie ihn aus der Hütte kommen sah.

Dann erstarrte sie mitten in der Bewegung, und ihr fröhlicher Gesichtsausdruck gefror. Es war, als wehe plötzlich ein eisiger Wind über den Platz, ein Vorbote drohenden Unheils. Die Hagrím unterbrachen ihre Arbeit und wandten sich um, um nachzusehen, was ihre Schamanin soeben entdeckt hatte.

In drohender Haltung betraten die Hagish den Platz.

Sie waren zu zehnt, und jeder von ihnen trug eine stachelbewehrte metallene Keule in der rechten Klauenhand. Ein Hagish war den anderen etwas voraus; er war ein gutes Stück kleiner und schmaler gebaut, sein fratzenhaftes Gesicht war weniger wölfisch oder echsenhaft, sondern erinnerte entfernt an einen entstellten Menschen. Sein forsches Auftreten und der respektvolle Abstand, mit dem die anderen ihm folgten, zeigten deutlich, daß er der Anführer der kleinen Truppe war.

Aigolf zog sich in den Schatten der Hütte zurück, um ungestört zu beobachten und notfalls eingreifen zu können. Er hatte nicht das Recht, sich von vornherein in dieses Aufeinandertreffen einzumischen. Aber er zog vorsorglich den Zweihänder *Feuerdorn* und hielt sich im verborgenen bereit. Er würde keinen Wimpernschlag zögern, von der Waffe Gebrauch zu machen, sollten die Hagish ein Menschenopfer fordern.

Die Gruppe der Hagish blieb stehen, während ihr Anführer geradewegs auf Schanfar und die Ältesten zuging. Die Menschen wichen von der Schamanin und die beiden Männer zurück, so weit wie möglich von den Hagish entfernt, aber nicht außer Hörweite. Aigolf sah deutlich die Angst auf ihren Gesichtern, gepaart mit einer Langmut, die ihn aufs tiefste entsetzte. Der Krieger ahnte, daß diese Menschen trotz ihrer Angst weder die Flucht ergreifen noch sich gegen die Hagish zur Wehr setzen würden. Sie nahmen diese Bedrohung hin wie alles in ihrem Leben.

Die Schamanin gab sich kühl und gelassen; wenn sie dennoch Furcht empfand, beherrschte sie ihre Gefühle meisterhaft. Die beiden Ältesten schienen ein wenig verunsichert zu sein, aber nicht sonderlich ängstlich. Wohl mochte es das Alter sein, das ihnen diese Angst ersparte.

Einige Zeit herrschte lähmende Stille, die sich wie ein Leichentuch über das ganze Dorf ausbreitete. Die Menschen rührten sich nicht, und auch die Hagish verharrten abwartend.

Aigolf ließ die Blicke umherschweifen und vermied es

sorgfältig, durch eine unachtsame Bewegung oder einen Laut in dieser Totenstille die Aufmerksamkeit auf sich zu lenken. Da er die drachenartigen Wesen nicht kannte, wußte er bei aller Vorsicht nicht einmal, ob sie ihn nicht schon längst bemerkt hatten.

Als die Spannung allmählich unerträglich wurde, ergriff der Anführer der Hagish das Wort. »Ess isst Ssseit«, sprach er mit sehr heiserer, zischelnder Stimme. Seine Worte waren nur schwer verständlich, aber immerhin drückte er sich einigermaßen deutlich in der Menschensprache aus, die die Drachlinge seiner Begleitung nicht zu beherrschen schienen: Im Verlauf des Gesprächs beobachtete Aigolf, wie der Anführer seinen Begleitern Satz für Satz in die Drachling-Sprache übersetzte (wenn man dieses widerwärtige Gemisch aus gurgelnden, zischenden und bellenden Lauten eine Sprache nennen konnte).

»Es ist zu früh«, lautete Schanfars Entgegnung. Ihre Stimme klang ruhig und beherrscht.

»Dass behauptesst du jedesmal«, erwiderte der Drachling. »Leider muss ich ssehen, dasss ihr nichtss vorbereitet habt.«

»Ihr müßt uns mehr Zeit geben«, mischte sich der Älteste ein. »Der Winter ist gerade vorbei, und wir haben kaum genug für uns selbst. Die Männer arbeiten hart ...«

»Jedess Jahr die gleiche Rrrede«, knurrte der Hagish unwirsch. »Jedess Jahr werrdet ihr faulerr. Dass wirrd ssich jetsst ändern! Wir warrrten, und ihr bringt ssofort hierherr, wass ihr gessammelt habt. Und ich will hofffen, dass genug Ssteine aus den Berrgen dabei sssind ...« Er brach ab, da ein anderer Hagish laut fauchte. Ein paar Augenblicke lang zischten sich die beiden wütend an. Es klang, als wollten sie sich jeden Augenblick an die Kehlen gehen, und weder die Schamanin noch die anderen Hagrím rührten sich von der Stelle.

»Und da isst noch etwass«, fuhr der Drachling schließlich zu Schanfar gewandt fort. »Ssuldru issst ungeduldig und verrlangt nach Menss ...«

»Nein!« fiel Schanfar ihm mit lauter Stimme ins Wort. »Nicht noch mehr! Nicht unsere Kinder!« Die Menschen am anderen Ende des Dorfplatzes drängten sich noch enger aneinander. Mit angstgeweiteten Augen starrten sie ihre Schamanin an, die es wagte, einem Hagish zu widersprechen.

»Wass ssagst du da?« fauchte der Drachling. »Ssweig, törrichtess Weib! Ssonst kommt Ssuldrús Ssorn über euch alle, und Ssuldrús Ssorn isst verrheerrend! Ssuldru isst allmächtig, ssein Wort Gessetz und ssein Wille ssind unerrssütterrlich!« Der folgende Wortschwall wurde immer unverständlicher, die Wut des Hagish steigerte sich zur Raserei und sprang auf seine Gefährten über, die mit ihren kräftigen Beinen auf den Boden stampften, drohend die Keulen schwangen und laut brüllten.

Die Menschen drängten sich zu einem zitternden Häufchen zusammen, streckten abwehrend die Hände vor und versuchten die Hagish mit Worten zu beruhigen, aber ihre schwachen Stimmen gingen in dem grauenhaften Geschrei unter.

Aigolf hatte gerade beschlossen, den Kampf zu eröffnen, als er sah, daß Schanfar plötzlich zwei Schritte auf die Hagish zutrat, eine kleine Kugel in der Linken, einen faustgroßen Stein in der Rechten. Sie legte die Kugel auf den Boden, schmetterte mit aller Kraft den Stein darauf und sprang zurück. Es gab einen Blitz und einen lauten Knall, der eine gewaltige Staubwolke aufwirbelte.

Die Hagish blieben wie erstarrt stehen, und mit einem Schlag war es totenstill. Schanfar hob die Arme, begann sich langsam, eine fremdartige Melodie summend, im Kreis zu drehen.

Aigolf schüttelte den Kopf und rieb sich den Nacken. Schanfar verfügte in der Tat über ungewöhnliche Kräfte, deren Einfluß auch er sich nicht entziehen konnte. Er spähte zu den Menschen am anderen Ende des Dorfplatzes hinüber. Sie blickten gebannt auf ihre Schamanin, für kurze Zeit schienen sie sogar ihre Angst verloren zu haben. Die Hagish starrten Schanfar ebenfalls an, ohne sich zu rühren.

Die Schamanin ließ langsam die Arme sinken, stand nunmehr still, und Aigolf spürte ihren Blick auf sich ruhen: ›Wart ab!‹

Der warnende Blick war unmißverständlich. Der Krieger steckte so leise wie möglich die Waffe ein. Er vertraute darauf, daß Schanfar wußte, was sie tat.

»Wir werden Suldrú, dem Drachenkönig, opfern, wie es seit Ewigkeiten geschieht«, sprach die Schamanin in einem leicht singenden Tonfall zu den Hagish, »wir erfüllen unsere Pflicht und zeigen unsere Verehrung. Wir werden unsere Opfergaben hier auf diesem Platz zusammentragen, doch nicht vor euren Augen. Die Gesetze verlangen, daß kein Fremder seine Blicke auf unsere heiligen Handlungen richten darf. Morgen früh, wenn die Sonne aufgeht, werden wir euch unser Opfer zeigen, und Suldrú wird zufrieden sein.«

Der Anführer der Drachlinge zögerte kurz. »Wir werrrden ssehen«, zischte er dann. »Ich gebe euch diesse Nacht. Morrgen kenne ich keine Gnade mehr.« Er drehte sich um und bedeutete seinen Gefährten, ihm zu folgen. Kurz darauf war der Platz leer und verlassen.

Aigolf zog sich in Schanfars Hütte zurück und wartete dort auf sie.

Schon nach kurzer Zeit trat die Schamanin ein. »Ich danke dir, daß du dich nicht eingemischt hast«, sagte sie. »Das hat ein unnötiges Blutbad verhindert.«

»Führen sich die Drachlinge immer so auf?« fragte der Krieger.

»Das hängt davon ab, wer als Anführer zu uns geschickt wird. Es gibt drei, und dieser ist der schlimmste.«

»Verrätst du mir, wie du das gemacht hast? Ich meine, Blitz und Knall und diesen seltsam ... beruhigenden Gesang?«

Schanfar lächelte nun fast vergnügt. »Da ist gar nichts dabei, Aigolf – nur eine gute Kenntnis dessen, was unsere

Welt uns bietet. Und man muß wissen, wie man Menschen beeindrucken kann. Es ist keine Magie im Spiel, falls du das annehmen solltest. Nur ein bißchen *Harigari*.«

»Hokuspokus.«

»Eine Menge Dinge werden dadurch möglich, und ich zöge es wahrer Magie jederzeit vor.«

»Jederzeit?«

»Ich hätte zuviel Angst vor der Macht, Aigolf – daß eines Tages nicht mehr ich sie beherrschen würde, sondern sie mich.«

Aigolf bohrte die Spitze seines Dolches in den Tisch. »Schanfar, sie werden bei ihrer Forderung nach einem menschlichen Opfer bleiben«, sagte er langsam.

»Das müssen wir abwarten«, erwiderte die Schamanin ruhig. »Bisher habe ich ein solches Opfer verhindern können.«

Der Bornländer schüttelte den Kopf. »Aber diesmal wird es dir nicht gelingen. Und wenn du dich zusehr widersetzt, gefährdest du dich … und dein Kind.« Er strich ihr zärtlich über die Wange. »Ich kann das nicht zulassen«, sprach er leise. »Solange ich hier bin, trage ich die Verantwortung für dich und unser Kind. Und ich werde nicht tatenlos zusehen, wie dein Volk ausgeschlachtet wird.«

Sie betrachtete ihn forschend. »Was hast du vor?«

Er schüttelte den Kopf. »Nicht jetzt, Schanfar. Ich erkläre es dir später«, sagte er und wandte sich zum Gehen.

Sie versuchte ihn aufzuhalten, aber er befreite sich aus ihrer Umklammerung. »Aigolf, sei kein Narr!« rief sie drängend. »Du darfst dich nicht an unserem Glauben versündigen! Du entstammst nicht unserer Welt, sondern einer ganz anderen, wo es weder einen Suldrú noch die Hagish gibt! Du hast selbst gesagt, daß wir aus einem Land kommen, das jenseits der Grenzen deiner Welt liegt, jenseits von Aventurien, und wenn es nun Suldrús Wille ist, dann müssen wir …« Die Schamanin verstummte und wich unwillkürlich zurück, da sich Aigolf mit wutverzerrtem Gesicht zu ihr umwandte. In seinen Augen glimmte ein unheilvolles grünes Feuer.

»Nein«, sagte er mit kalter, fremder Stimme. »Versuche niemals wieder, mich an etwas zu hindern, das ich tun muß! Nie wieder, hast du mich verstanden?«

Sie nickte still, nur in ihren großen dunklen Augen lag ein Flehen.

Aigolf verließ ohne ein weiteres Wort die Hütte. Draußen atmete er tief durch und blickte nachdenklich in den dämmrigen Himmel hinauf. Bald würde es dunkel werden, und die Nacht war stets sein bester und verläßlichster Freund gewesen. Er sah sich vorsichtig um, aber der Platz war leer und verlassen, und Schanfar folgte ihm nicht. »Gut.« Er wandte sich dem Berghang zu und verschwand wie ein Schatten zwischen den Hütten.

8. Kapitel

Das Versprechen

Bis zum Einbruch der Nacht bezog Aigolf Stellung über den Terrassenfeldern, gut geschützt unter einem Felsüberhang. Er hatte diesen Platz schon vor längerer Zeit als Beobachtungsposten erwählt; von hier aus konnte er alles überschauen, ohne selbst gesehen zu werden. Während er auf die Dunkelheit wartete, rief er sich die Vorfälle auf dem Dorfplatz noch einmal in Erinnerung. Die Hagish schienen zu dem Zeitpunkt den Verlust ihrer beiden Gefährten noch nicht bemerkt zu haben; wahrscheinlich hatten diese in der vergangenen Nacht Wache halten und erst später wieder zu den anderen stoßen sollen. Wenn es keine weiteren Wachen gibt, sind noch zehn Hagish übrig, dachte Aigolf. Mit denen kann ich fertig werden.

Er beobachtete die Hagrím, die dort unten im Dorf geschäftig hin- und hereilten und den Tribut für den grausamen Tyrannen zusammentrugen. Wer auch immer Suldrú sein mochte, er beherrschte die Hagrím schon seit langer Zeit. Womöglich war er ihnen sogar gefolgt, als sie in die Walberge auswanderten. Diese Menschen würden ihm ihre Kinder opfern, wenn er es verlangte, weil sie es nicht anders wußten. Aigolf fragte sich, ob sein Glaube auch einen solchen Tribut fordern würde, aber so, wie er die Götter verstand – als entrückte Wesen, die sich nur sehr selten in derische Angelegenheuten mischten –, war die Frage müßig. Es hatte keinen Sinn, länger zu grübeln.

Solange er noch dazu in der Lage war, mußte er die Dinge selbst in die Hand nehmen und handeln. Er hatte es sich zur Lebensaufgabe gemacht, den Schwachen beizustehen, um eine Schuld abzutragen, die nicht die seine war. Er wußte, daß er auch für die Verschleppung und den Tod seines Bruders nicht verantwortlich war, aber das minderte seine Schuldgefühle nicht im geringsten. Er hatte die Ermordung seiner Familie nicht verhindern können, aber vielleicht konnte er andere ungerechte und grausame Taten verhindern, indem er den Schwachen beistand – selbst wenn sie seine Hilfe ablehnten, so wie die Hagrím es taten, die ihr Joch gelassen hinnahmen und nicht unter der Unterdrückung zu leiden schienen. Und doch mußte Aigolf immer daran denken, wie schön und sorglos das Leben der Hagrím sein könnte, wenn sie nur für ihren eigenen Unterhalt, nicht für einen nimmersatten Tyrannen arbeiten müßten.

»Du suchst immer nur nach dem Sinn«, hatte Schanfar ihm einmal vorgeworfen. »Du bist hier, das genügt doch.«

»Daß ich zu euch kam, ist Fügung, dessen bin ich sicher«, hatte er erwidert. »Was hier vorgeht, ist ungerecht.«

»Du wirst nirgends reine Gerechtigkeit finden, wohin du auch kommst.«

»Das nicht, aber ich kann die Ungerechtigkeit mildern und versuchen, ein Gleichgewicht herzustellen.«

Aigolf hob den Kopf und lauschte. Inzwischen herrschte finstere Nacht, und es wurde unangenehm feucht und kühl. Obwohl die Tage nun schon von recht angenehmer Wärme waren und das Getreide auf den Feldern zusehends wuchs, blieben die meist klaren Nächte frostig.

Die Hagrím waren immer noch eifrig damit beschäftigt, die Opfergaben zusammenzutragen. Der Bornländer konnte das mit vielen Fackeln hellerleuchtete Dorf gut erkennen. Doch die Rufe der Hagrím waren nicht das einzige, was er hörte. Er kannte die nächtlichen Geräusche der Berge inzwischen sehr gut, und das seltsam klagende Pfeifen, das seine Aufmerksamkeit erregt hatte, gehörte bestimmt nicht dazu. Die Hagish, dachte er. Das können nur diese seltsamen Wesen sein. Einige Zeit horchte er reglos, mit angehaltenem Atem.

Da war es wieder – ein zugleich unheimlicher und sehr trauriger Laut, ein langgezogenes Pfeifen, das in einem hohen Trillern endete. Wenn das Echo den Krieger nicht narrte, kam der Laut von dem gegenüberliegenden Hang, wo Aigolf die Hagish schon einmal entdeckt hatte. Möglicherweise war es ein Trauergesang, weil sie inzwischen den Verlust ihrer beiden Gefährten bemerkt hatten – oder aber es war so etwas wie ein Abendruf.

Aigolf versuchte, die Dunkelheit mit den Augen zu durchdringen. Dort, von woher der Ruf gekommen war, gab es vielleicht ein Feuer. Die Hagish hatten keinen Grund, sich zu verstecken, und die frostige Nacht wurde bestimmt auch ihnen zu ungemütlich ohne ein wärmendes Feuer.

Da ...! Ein winziger flackernder Punkt, ein rötlicher Lichtschein, der sofort wieder verdeckt wurde, aber dieser kurze Augenblick hatte genügt. Aigolf kannte die Berge um das Dorf herum durch seine ausgedehnten Streifzüge sehr gut, und er wußte nun ungefähr, wo er die Hagish finden konnte. Er wickelte sich aus seinem Umhang und verließ die schützende Nische. Die Jagd hatte begonnen.

Vorsichtig schlich Aigolf einen schmalen Pfad knapp unterhalb des Berggrates entlang. Das Sternenlicht reichte gerade aus, daß er schwache Konturen unterscheiden konnte. Seine Augen waren inzwischen so an die Dunkelheit gewöhnt, daß er gut vorankam, aber er wurde trotzdem nicht leichtsinnig. Er war froh, daß er auch an diesem abgelegenen, einsamen Ort seiner jahrelangen Gewohnheit gefolgt war und sich gründlich mit der Umgegend vertraut gemacht hatte. So fand er mit beinahe schlafwandlerischer Sicherheit das Lager der Hagish.

Sie kauerten sich dicht aneinandergedrängt um das Feuer, und unterhielten sich leise mit zischelnden Lauten. Aigolf zählte acht: Zwei von ihnen hatten also irgendwo in den Felsen ihre Wachtposten bezogen. Diese beiden mußte er finden, bevor er sich mit den anderen Hagish auseinandersetzte. Wenn er nicht längst an einem von ihnen vorbeigeschlichen war ...

Lautlos zog er sich in den Schutz eines Felsvorsprungs zurück und sicherte nach allen Seiten. Bisher war alles ruhig und friedlich; falls er von einem Hagish bereits entdeckt worden war, verhielt sich der wohl noch abwartend. Aigolf mußte höher hinaufsteigen, denn die Wachtposten befanden sich gewiß weiter oben auf beiden Seiten des Lagers. Inzwischen war der Mond aufgegangen und tauchte die Berghänge in ein dämmriges silbernes Licht, was für Aigolf gleichermaßen gut und schlecht war: Er konnte die Hagish besser erkennen, bot aber auch selbst ein deutlich sichtbares Ziel. Er wußte nicht, wie gut die Drachlinge in der Nacht sehen konnten; höchstwahrscheinlich waren sie ihm gegenüber im Vorteil, aber er war ein geübter Jäger – auch in der Nacht.

Leise glitt er um den Felsvorsprung herum und tastete die Felsen über sich ab. Als er den richtigen Halt gefunden hatte, klammerte er sich fest und zog sich vorsichtig nach oben, dicht an den vom Frost schlüpfrigen eiskalten Stein gepreßt. Seine Füße ertasteten jeden Vorsprung, und er stieg rasch weiter, bis er einen schmalen Felssims erreichte, auf dem kurz rastete und die Umgebung musterte.

Das Feuer der Drachlinge brannte nun ein gutes Stück unter ihm, und die Schatten ringsherum bewegten sich kaum. Aigolf konnte sie nicht zählen, aber da alles ruhig blieb, ging er davon aus, daß er noch nicht entdeckt worden war. Tief unten lag das Dorf; durch die vielen Fackeln warf es einen hellen Schimmer weit in das Dunkel der Nacht hinaus: Sogar von hier oben waren noch flüchtige Bewegungen erkennbar.

Plötzlich erstarrte der Krieger und hielt den Atem an. Er hatte rechts über sich einen Kiesel herabkullern gehört, ein ganz leises Geräusch nur, aber gerade deswegen alarmierend. Aigolf hatte einige Augenblicke lang in kauernder Haltung verbracht und sich kaum bewegt; vielleicht blieb er unentdeckt, wenn er sich weiterhin nicht regte.

Nach einiger Zeit hörte er unmittelbar über sich einen leise zischenden Laut, dann ein Schnüffeln. Er sieht mich nicht, dachte er.

Im nächsten Augenblick blitzten links neben dem Krieger zwei glühendrote Lichter auf; er fuhr herum, wurde jedoch von einem Hieb am Kinn getroffen, dessen Wucht ihn gegen die Felsen schleuderte. Im Fallen versuchte Aigolf vergeblich, den *Drachenzahn* zu ziehen; der *Feuerdorn* auf seinem Rücken war unerreichbar. Der Drachling ließ ihm jedoch keine Zeit: er sprang ihn mit wütendem Fauchen an und versuchte mit seinen scharfen Zähnen an Aigolfs Kehle zu gelangen. Der Krieger umklammerte den Hagish und riß ihn mit sich zu Boden; die herausragenden scharfen Felskanten der Wand bohrten sich ihm wie Pfeilspitzen in den Rücken, und er keuchte vor Schmerz, lockerte jedoch seinen Griff nicht. Aigolf trug eine Fellweste und den Umhang und war daher vor den scharfen Krallen und Zähnen des Wesens einigermaßen geschützt, aber er mußte alle Kräfte aufbieten, um dem rasenden Angriff standzuhalten. Während er mit der rechten Hand und beiden Beinen versuchte, den Hagish auf den Rücken zu werfen und in seine Gewalt zu bekommen, griff er mit der linken Hand an seinen Gürtel, um den Dolch zu ziehen. Er verbiß einen lauten Schrei, als der Hagish sich plötzlich von ihm losriß, ihn kraftvoll packte und erneut gegen die Felsen schleuderte. Vor Aigolfs Augen tanzten Sterne, und er schüttelte benommen den Kopf, während der Drachling ihn zum zweiten Mal ansprang. Dieses Mal war der Krieger vorbereitet, er konnte dem Ansturm zwar nicht ausweichen, ihm aber den Schwung nehmen. Er ließ sich bei dem Aufprall fallen und schleuderte den Hagish mit einem Überwurf über sich hinweg. Der Drachling zischte wie eine Schlange, fing den Sturz ab und warf sich blitzschnell herum. Er löste die Keule von seinem Gürtel und hob sie drohend; seine Gesichtsfratze verzerrte sich zu einem abstoßenden Grinsen. Aigolf verschwendete keinen Herzschlag – der *Drachenzahn* glitt freudig singend wie von selbst in seine Hand, und er warf sich nach vorn, dem angreifenden Hagish entgegen. Die scharfe Klinge traf genau ins Ziel, und das Wesen war schon tot, bevor es noch auf den Boden prallte.

Aigolf kam hart auf und blieb für einige Augenblicke keuchend liegen; sein Kopf brummte, in seinem Körper pochte der Schmerz an unzähligen Stellen. Rondra sei Dank, schienen Hagish nicht sehr kampferprobt, sonst wäre es ihm wahrscheinlich schlechter ergangen. Diese Wesen vertrauten sehr auf ihre gewaltigen Körperkräfte, und ihre jahrhundertelange Überlegenheit über friedliche Menschen hatte sie unvorsichtig gemacht.

Davon noch weitere neun, dachte der Krieger und richtete sich ächzend auf. Er war wütend, daß er sich hatte überrumpeln lassen. Sehnsüchtig dachte er an seinen zwergischen Freund Dorgan, für den ein solcher Kampf genau das rechte gewesen wäre. Es hilft nichts, das hier muß ich allein durchstehen, sagte er sich. Die Karten sind verteilt.

Immerhin wußte er jetzt, daß die Hagish sich im Dunkeln sehr gut zurechtfanden und sich schnell und leise auf unsicheren Pfaden fortbewegen konnten. Auch der Kampf hatte weitgehend lautlos stattgefunden: Der Hagish mußte sich seines Sieges sehr sicher gewesen sein, da er seine Gefährten nicht alarmiert hatte. Unten beim Feuer sah alles unverändert aus, doch der Schein mochte trügen. Aigolf hielt sich nicht weiter mit Vermutungen und Hoffnungen auf, sondern suchte rasch weiter seinen

Weg durch die Nacht. Irgendwann mußte er auf den zweiten Wächter treffen – oder dieser auf ihn.

Dieses Mal hatte er mehr Glück. Schon nach kurzer Zeit entdeckte er zwei rotglühende Punkte, die sich in Mannshöhe durch die Dunkelheit bewegten: das Funkeln von Hagish-Augen. Er gestattete sich ein schwaches Grinsen. *Sein* Vorteil diesmal. Und er würde ihn nutzen, bevor der Drachling ihn witterte. Der Hagish stand auf einer Felsplatte, die genügend Platz für einen Angriff bot. Der Krieger kletterte über einige Felsen weiter hinauf, umging den Hagish und sammelte sich. Der Borndorn blitzte in seiner rechten Hand auf, als er dem Hagish in den Rücken sprang. Der Drachling hatte anscheinend mit offenen Augen vor sich hingedöst, denn er wurde von Aigolfs Stoß völlig überrascht; er taumelte vorwärts und hob die Arme, um den Angreifer zu packen. Doch Aigolf war zu schnell für ihn. Bevor der Hagish sich umwenden konnte, umklammerte ihn der Krieger mit den Beinen, riß mit der Linken den wölfischen Schädel zurück und stieß ihm mit der Rechten den Dolch tief in die Kehle. Der Drachling brachte nur noch einen gurgelnden Laut hervor. Aigolf ließ von dem Sterbenden ab, der langsam auf die Felsplatte sank.

Der Bornländer warf einen besorgten Blick zu dem Feuer hinunter, doch es schien weiterhin alles friedlich zu sein. Auch dieser Kampf hatte nahezu lautlos stattgefunden; hätten dort Menschen gelagert, wären sie davon sicherlich nicht aufmerksam geworden. Noch acht. Er nickte stumm und machte sich an den Abstieg.

Sechs Drachlinge schliefen, nur zwei saßen noch am Feuer und unterhielten sich leise: der Anführer und ein sehr großer, massiger Hagish.

Mitternacht war längst vorüber, ein eisiger Wind pfiff über die Felsen und zog die Flammen des halb heruntergebrannten Feuers mit sich.

Aigolf kam gegen den Wind; wie ein riesiger Schatten

fegte er mit einem markerschütternden Kriegsschrei und dem kreisenden Zweihänder *Feuerdorn* über das Plateau und tötete die beiden wachenden Hagish, bevor sie überhaupt erkennen oder begreifen konnten, was über sie gekommen war. Noch während die anderen Drachlinge aus dem Schlaf hochfuhren und nach ihren Keulen griffen, war der Krieger bereits wieder in der Dunkelheit zwischen den Felsen verschwunden. Zurück blieben zwei blutige Leichen und sechs verstörte Überlebende. Etwas Derartiges war noch niemals vorgekommen, zumindest soweit ihre Überlieferungen zurückreichten. Sie überwanden ihre Verwirrung jedoch schnell und festigten den Griff um ihre Keulen.

Dem Bornländer war klar, daß die sechs Drachlinge immer noch eine gewaltige Übermacht darstellten, so ungeübt sie auch sein mochten. Er durfte es nicht darauf ankommen lassen, daß sie sich trennten und von dem Plateau entfernten. Der Kampf mußte so schnell wie möglich beendet sein; weder an Ausdauer noch an Stärke konnte er es mit ihnen aufnehmen. Während sie sich sammelten, verstaute er den *Feuerdorn* auf dem Rücken und kletterte in Windeseile über ihre Köpfe hinweg auf die andere Seite des Plateaus. Dabei löste er absichtlich einen kleinen Steinschlag aus, der unwillkürlich ihre Aufmerksamkeit auf sich ziehen mußte. Während die Hagish herumfuhren und witterten, nutzte Aigolf einen pfeifenden Windstoß für seinen zweiten Angriff. Wie zuvor stürmte er mit einem wilden Schrei mitten unter sie und hieb mit Dolch und Bastardschwert um sich. Zwei verwundete er schwer, ein dritter Hagish, der zu nahe am Rand des Plateaus stand, verlor den Halt und stürzte schreiend in den Abgrund. Aigolf wollte sich mit einem gezielten Sprung auf die nächste Felsplatte retten, als ihn ein Keulenhieb in die Seite traf, und er stürzte. Der *Drachenzahn* entfiel seiner Hand. Er konnte sich gerade noch zur Seite rollen, bevor ihn der zweite Keulenhieb traf, doch dabei kam er ebenfalls dem Rand zu nahe, und er merkte, wie er abrutschte. Verzweifelt versuchte er sich mit der linken Hand festzuhalten; die Rechte umklammerte immer noch den Dolch. Für einen winzigen Moment hing Aigolf an nur einer Hand über dem Abgrund, sein Körper schwang frei. Der Hagish sprang vor und hob die Keule, um die Hand des Kriegers zu zertrümmern, aber Aigolf nutzte den Schwung seines Körpers, um sich wieder auf die Felsplatte hinaufzuziehen. Er rollte sich von der niedersausenden Keule weg, sprang auf und warf sich auf den Hagish. Beide fielen, Aigolf rammte dem Drachling den Dolch in die Seite und entwand ihm die Keule, um die Schläge der beiden anderen Hagish damit abzuwehren, die sich gleichzeitig auf ihn stürzten. Drei waren jetzt noch übrig, die beiden Verwundeten lagen sterbend abseits und stellten keine Gefahr mehr dar.

Diese restlichen drei behinderten sich gegenseitig bei ihrem ungeordneten Angriff, so daß der Krieger den *Drachenzahn* wieder an sich nehmen konnte. Mit Schwert und Dolch erwartete er den Ansturm der Drachlinge. Er mußte wendig und schnell sein, sie gegeneinander ausspielen und im geeigneten Moment zuschlagen. Zeit für einen zweiten Treffer blieb ihm nicht, da er sich sofort dem nächsten Hagish zuwenden mußte. Die Drachlinge zischten und fauchten, wahrscheinlich beschimpften sie ihn oder berieten ihr Vorgehen untereinander. Um zu zeigen, daß ihn das weder verunsicherte noch reizte, lachte er abfällig. »Dann kommt her, Freunde!« rief er auffordernd. »Laßt uns den Tanz beginnen!«

Schanfar trat aus ihrer Hütte, vor der sich einige Leute versammelt hatten.

»Was ist das für ein Lärm?« fragte ein Mann verstört und wies auf den östlichen Berghang, von den seltsame Laute und Geschrei herüberschallten.

Mitternacht war längst vorüber, der Tribut war auf dem Dorfplatz aufgehäuft worden, und die Menschen hatten sich gerade zu einem kurzen unruhigen Schlaf in ihre Hütten zurückgezogen, als sie durch die merkwürdigen Geräusche aufgeschreckt worden waren.

Die Schamanin konnte sich recht gut vorstellen, was dieser Lärm zu bedeuten hatte, aber sie wollte es nicht aussprechen. »Ich denke, die Hagish halten eine Feier ab«, antwortete sie.

»Es klingt aber mehr wie ein Kampf«, wandte eine Frau ein.

»Ihr habt heute nachmittag gehört, auf welch schreckliche Weise sie sich unterhalten«, widersprach Schanfar. »Sie wissen, daß sie am Morgen reiche Beute von uns erhalten, und werden dies entsprechend feiern. Vielleicht haben sie bei Suldrú keine Gelegenheit für Feste. Kümmert euch nicht darum und geht schlafen, wir wollen ihnen aufrecht entgegentreten, so wie es sich gehört.« Sie begleitete ihre Worte mit den entsprechenden wohleinstudierten schamanischen Gesten, und die Leute gingen zögernd auseinander, und schließlich lag der Platz wieder verlassen da.

Nur Farang blieb zurück und folgte seiner Schwester in ihre Hütte. »Aigolf«, sagte er. Nur dieses eine Wort, diesen Namen.

Schanfar nickte schweigend, während sie das Feuer der Kochstelle neu entfachte und einen kleinen Kessel mit Kräutersud darüber aufhängte.

»Schanfar, wie konntest du das zulassen?«

»Ich versuchte, ihn daran zu hindern. Du kennst Aigolf gut genug, um zu wissen, daß er sich nicht aufhalten läßt.«

»Hast du es ihm erzählt? Von ... unseren Müttern?«

Sie richtete sich auf und schaute ihren Bruder an. »Nein, natürlich nicht. Das geht niemanden etwas an, und es würde auch nichts ändern.«

»Dann verstehe ich nicht, weshalb er ... so handelt.«

»Er wird schon wissen, was er tut.«

»Um so schlimmer!« brummte Farang.

»Wir können es nicht ändern. Hab Geduld.«
Er nickte, doch sein Blick war finster.

Am Morgen, kurz nach Sonnenaufgang, versammelten sich die Hagrím erneut auf dem Dorfplatz und erwarteten die Rückkehr der Hagish. Niemand sprach, selbst die Kinder standen still bei ihren Eltern, nicht gerade ängstlich, aber beunruhigt. Sie spürten, daß etwas Unheilvolles geschah, das ihr geborgenes und geordnetes Leben durcheinanderbrachte. Rofen hatte sich zu Guran und Dorn und dessen Familie gesellt; Farang war bei Schanfar geblieben und trat jetzt mit ihr aus der Hütte.

»Die Hagish verspäten sich«, meinte der Älteste. Er fuhr zusammen und nicht nur er allein –, als ihm eine tiefe klangvolle Stimme antwortete: »Sie werden nicht kommen. Genauer gesagt, sie werden nie mehr kommen.«

Aigolf Thuransson betrat völlig unerwartet den Platz. Außer Schanfar und seinen ehemaligen Weggefährten hatte ihn bisher keiner der Dorfbewohner in voller Rüstung gesehen, und er bot daher eine eindrucksvolle Erscheinung, aber die Schamanin erkannte sofort, daß er verwundet und erschöpft war. Er hinkte ein wenig, und über das linke Handgelenk zog sich eine Spur getrockneten Blutes. »Es wird Zeit, eine Schuld einzulösen«, begann er ohne Umschweife. »Ihr habt mein Leben gerettet und mich bei euch aufgenommen. Nun werde ich tun, was ich tun muß.«

»Wenn du die Hagish getötet hast, wird großes Leid über uns kommen!« rief der zweite Älteste voller Sorge.

»Nein«, widersprach Aigolf. »Ich werde Suldrús Heimstatt finden, bevor man die Toten vermißt. Niemand wird so bald ihre Rückkehr erwarten. Mit eurem Tribut bepackt, wären sie nicht sonderlich schnell vorangekommen.«

»Du kannst Suldrús Heimstatt nicht finden, denn der Gott ist unerreichbar. Er lebt auf der höchsten Bergspitze und vielleicht noch darüber. Kein Mensch kann ihn je erreichen. Dafür sind wir nicht bestimmt«, fuhr der alte Mann fort.

»Aber ich bin dafür bestimmt, ein Krieger zu sein«, sagte Aigolf ruhig. »Meine Aufgabe vor der Göttin Rondra ist es, Suldrús Tyrannei ein Ende zu bereiten. Deshalb verschlug es mich hierher, und deshalb werde ich es tun.«

»Aber niemand zwingt dich zu kämpfen!« warf Schanfar ein. »Wir leben seit alter Zeit unter Suldrús Herrschaft: Das ist das Gleichgewicht unseres Lebens!«

Aigolf nickte. »Ich weiß, wie du darüber denkst, Schanfar. Aber dieses sogenannte Gleichgewicht wiegt auf Suldrús Seite sehr viel schwerer. Erinnere dich selbst daran, daß die Ältesten auch mich vor einiger Zeit als *teures* Opfer darbieten wollten, um Suldrú gnädig zu stimmen. Menschenopfer dürfen niemals der Preis für ein Dasein in Frieden sein. Kein Gott, der mit seinen Geschöpfen ist, wird solch ein Opfer verlangen.«

»Wir haben bisher überlebt, und wir werden auch weiter überleben!« rief eine Frau. »Wenn es sein muß, werde ich mich anstelle meiner Kinder opfern, denn in ihnen kann ich weiterleben! Was bedeutet mein Tod, wenn ich dafür meine Kinder gerettet sehe und sie ein langes Leben vor sich haben?«

»Ja, so lange, bis auch sie sich opfern – für *ihre* Kinder«, versetzte Aigolf. Er sah Schanfar an. »So wie es deine Mutter tat, nicht wahr? Oder deine, Farang.« Er nickte dem Bruder der Schamanin zu.

Beide erblaßten. »Du... weißt davon?« fragte Schanfar leise und zögernd.

Der Krieger lachte kurz. »Schanfar, ich bin kein unerfahrener Jüngling mehr. Ich mag manchmal ein Narr sein, aber ich bin kein Trottel. Ich kann durchaus die richtigen Fragen an die richtigen Leute stellen, um die gewünschten Antworten zu bekommen. Ich weiß, daß ihr Suldrú bisher fast jedes Jahr Menschenopfer darbringen mußtet, und ich weiß auch, wie viele Männer bereits im Frondienst in den Minen starben. Ihr beide habt versucht, das alles vor mir zu verheimlichen.«

»Weil wir Sorge hatten, daß du einen Krieg beginnst«, erwiderte Farang. »Kannst du denn nicht verstehen, daß wir nicht kämpfen *wollen?*«

»Ich kann es verstehen, Farang. Und ich will nicht, daß ihr kämpft, deshalb habe ich euch nie im Kämpfen unterwiesen. Aber ich bin als Krieger aufgewachsen und bin es mein Leben lang geblieben. *Ich kann nicht aufhören zu kämpfen.*«

»Du könntest es doch versuchen«, sagte Schanfar fast flehend. »Du bist kein junger Heißsporn mehr, das hast du gerade selbst gesagt.«

»Unter diesen Umständen kann und will ich nicht leben. Ich werde mich selbst auch nicht als Opfer anbieten, denn das würde den Tyrannen nur noch gieriger machen.« Aigolf sah der Schamanin in die Augen. Trauer huschte über seine ernsten hageren Züge. »Ich muß den Kampf aufnehmen, auch gegen euren Willen. Einen anderen Weg gibt es nicht.«

Die Schamanin schwieg.

»Wenn es so ist, wie du sagst, dann mußt du gehen«, erklärte der Älteste schließlich. »Unsere Hoffnung wird dich begleiten, damit du gesund wiederkehrst, um uns deine Geschichte zu erzählen.«

»Und sollten die Hagish kommen, um ihre gefallenen Gefährten zu rächen, werden wir auch dies hinnehmen«, fügte der Zweite hinzu.

»Ich gehe mit dir!« rief Rofen.

Der Bornländer schüttelte den Kopf. »Nein, mein Junge«, sagte er sanft. »Dies ist der Weg des Kriegers, und nur ich kann ihn gehen. Du bist dafür nicht bestimmt.« Zu der versammelten Menge gewandt, fuhr er fort: »Ich werde zurück sein, bevor euch neue Gefahr droht, das verspreche ich euch. Ich werde Suldrús Geheimnis lüften. Und auch wenn ich scheitere, wird etwas Entscheidendes geschehen. Ihr sollt selbst über euer Leben bestimmen dürfen, das ist mein Ziel. Vertraut mir.«

Die Hagrím standen unschlüssig da, und für einige Zeit herrschte eine lähmende Stille. Schanfar, Farang und die beiden Ältesten bewegten sich weder, noch erwiderten sie die ratsuchenden Blicke der Leute.

Da trat Dorn plötzlich vor. »Ich bin mit dir gewandert, Aigolf, und ich weiß, daß ich dir vertrauen kann. Wenn es deine Bestimmung ist, ein Krieger zu sein, dann mußt du kämpfen.«

Zustimmendes Gemurmel erhob sich, und schließlich sah sich Aigolf von den Dorfbewohnern umringt, die ihm auf die Schultern klopften, ihm die Hände schüttelten und ihm Glück wünschten. Das ganze Dorf begleitete ihn, als er zu seiner Hütte ging, um die restliche Ausrüstung zu holen. Er fühlte sich erschöpft, aber er mußte so schnell wie möglich fort. Ruhen und Nachdenken konnte er später, wenn das Dorf weit genug entfernt und er allein war.

Die Menschen gingen mit ihm bis zum Dorfrand und blieben dort stehen. Schanfar begleitete Aigolf noch ein paar Schritte hangaufwärts; sie übergab ihm zwei kleine Beutel mit Kräutern und Salben sowie einen Vorratsbeutel. Während er seine Sachen gepackt hatte, hatte sie in fieberhafter Eile alles zusammengesucht, was zum Überleben in den Bergen notwendig war.

»Du mußt nach Osten gehen«, sagte sie leise. »Ich weiß nicht, wie weit es ist, aber ich bin sicher, daß du den Weg leichter findest, wenn du der glühenden Ader unseres Berges folgst. Ich habe während der Prophezeiungen Suldrús Sitz manchmal undeutlich gesehen – es ist ein heißer, dampfender Ort inmitten tief zerklüfteter Berge. Geh sparsam mit den Vorräten um, ich weiß nicht, ob du im Osten etwas Eßbares finden wirst. Es ist lange her, daß einer von uns so weit weg vorgedrungen ist.«

»Irgendwo dort beginnt das Unbekannte Land ...«, murmelte er.

Ihre dunklen Augen schimmerten feucht, als sie zu ihm aufsah. »Gib auf dich acht«, flüsterte sie.

Er streichelte zärtlich ihre Wange. »Viel wichtiger ist es, daß du auf dich achtgibst, kleines Drachenkind. Ich werde zurückkommen, das verspreche ich dir.« Dann schulterte er seine Ausrüstung und verließ das Dorf der Hagrím.

9. Kapitel

Nach Osten

Aigolf nahm den Pfad, der geradewegs zum Grat hinaufführte. Die Praiosscheibe war inzwischen vollends aufgegangen und erwärmte allmählich die Luft und Aigolfs müde Knochen. Seine Beine suchten sich wie von selbst den richtigen Weg, mit seinen Gedanken war er weit fort. So gelang es am besten, Schmerz und Erschöpfung zu unterdrücken.

Später am Vormittag erreichte der Bornländer schließlich den schmalen Berggrat und blickte hinab auf den steilen Abgrund und den kochenden Lavastrom, der sich zwischen den Felsspalten hindurchwälzte. Heiße Dampfwolken wehten herauf, die unangenehm nach Schwefel rochen. Das glühende Band erstreckte sich nach Westen, und verlor sich wahrscheinlich irgendwo in einer Felsspalte, die bis tief ins Erdinnere reichen mochte. Schanfar hatte also womöglich recht, daß der Lavafluß seinen Ursprung im Osten hatte. Aigolf vertraute auf ihre seherischen Fähigkeiten und entschloß sich, dem kochenden Strom so weit wie möglich zu folgen. Er wußte ohnehin nicht, woher die Hagish gekommen waren, also war dieser Weg so gut wie jeder andere.

Er drehte sich um und schaute ins Tal hinunter, aber das Dorf war bereits nicht mehr zu sehen.

Hoffentlich ist nicht bereits eine zweite Hagish-Truppe hierher unterwegs, dachte er mit leiser Sorge.

Er wanderte weiter den Grat entlang, bis die Sonne den Zenit überschritten hatte, dann legte er die erste Rast ein. Der Weg führte von hier an steil abwärts auf einen langgestreckten Felsbogen zu, der wie eine natürliche Brücke die beiden Berge zu verbinden schien. Aigolf würde dort unten dem Lavastrom unweigerlich näher kommen, und er hoffte, daß Hitze und Gestank die Grenze des Erträglichen nicht überschreiten würden. Doch darüber brauchte er sich erst morgen Gedanken zu machen; für heute mußte er die Wanderung beenden, wollte er nicht in Kauf nehmen, auf dem schmalen Felssteg von der Dunkelheit überrascht zu werden.

Der Bornländer kauerte sich in eine schützende Felsnische, breitete Umhang und Fellwams aus und machte es sich gemütlich. Nachdem er die Wunden am Arm und an den Beinen untersucht und behandelt hatte, aß er einige Bissen getrocknetes Ziegenfleisch und Getreidekuchen und nippte an Schanfars Kräutertrank, den sie ihm nebst den mit Wasser gefüllten Ziegenhäuten mitgegeben hatte. Schon wenige Schlucke davon löschten den Durst, sättigten und erfrischten ihn zugleich, und Aigolf lehnte sich zufrieden zurück. Die schlaflose Nacht und der harte Marsch forderten ihren Tribut, und Aigolf merkte, wie ihm bereits die Augen zufielen. Er legte den *Drachenzahn* noch griffbereit neben sich und ergab sich dann kampflos dem Schlummer.

Aigolf erwachte erst kurz vor Sonnenaufgang wieder, als sich am Himmel das erste rötliche Glimmen hinter den Gipfeln zeigte. Er hatte tief und nahezu traumlos geschlafen und fühlte sich munter und unternehmungslustig. Die Wunden verheilten gut und brannten nicht mehr; einem raschen Vorwärtskommen stand also nichts im Wege. Der Krieger schnürte seine Sachen zusammen und machte sich an den Abstieg.

Es war schon fast Mittag, als er den schmalen Felssteg endlich erreichte. Auf dem steilen und abschüssigen

Hang hatte er weite Umwege in Kauf nehmen müssen und viel Zeit verloren, aber dennoch durfte er sich auf seinem Weg über den Steg, der sich wie eine schmale Brücke über einen gähnenden Abgrund hinweg zum nächsten Bergmassiv wölbte, keinesfalls zur Eile drängen lassen.

Glücklicherweise bin ich schwindelfrei, dachte Aigolf bei sich, als er die Felsbrücke betrat, und doch stellte sich ein leichtes Gefühl der Schwäche ein, als er einen Blick in die Tiefe wagte.

Der Boden der Schlucht, die der Bogen überspannte, war abschüssig, und der Lavastrom wälzte sich durch Klüften und Spalten am Fuß des gegenüberliegenden Bergmassivs entlang. Die Hitze war noch kaum zu spüren, aber Aigolf wußte, daß sich das ändern würde, je näher er der anderen Seite käme.

Das passende Land für einen Drachenkönig!

Plötzlich beschlich ihn ein Gefühl der Unsicherheit. Wenn sich nun hinter Suldrú statt eines Schwindels doch ein mächtiges Wesen verbarg? Möglicherweise ein Halbgott ... oder doch ein Drache? Dann wäre es reichlich dumm gewesen, sich allein auf den Weg zu machen.

Wie auch immer, dachte Aigolf. Drache oder nicht, bisher hat es immer einen Ausweg gegeben. Und von allen Hagrím hätte ich nur Farang mitnehmen wollen. Aber Farang ... soll auf Schanfar aufpassen. Und für alle anderen wäre mir die Verantwortung zu groß gewesen. Die Hagrím sind nicht dazu bestimmt, das Kriegshandwerk zu erlernen, sonst werden sie nur wie alle anderen Menschen. Habsucht und Neid, Machtgier und Eifersucht bestimmen das Denken vieler Aventurier. Dieses friedfertige Volk soll bleiben, wie es ist, und ich muß es schützen.

... und dein Kind, fügte eine andere, leise flüsternde Stimme in seinen Gedanken hinzu.

Ein seltsames Gefühl beschlich ihn. Stets hatte er erst nach der Geburt von seinen Kindern erfahren, manchmal erst Jahre danach. Dieses war das erste Mal, daß ihm schon so früh die Vaterschaft mitgeteilt wurde, er freute sich darüber und war schon jetzt stolz auf sein Kind, das ein Mädchen und die zukünftige Schamanin des Dorfes werden sollte. Damit hinterließ er den Hagrím ein bleibendes und – wie er hoffte – gutes Erbe. Vielleicht war es ihm sogar einmal vergönnt, sein Kind zu sehen.

»Aigolf Thuransson, du wirst alt und rührselig«, murmelte er vor sich hin, während er die ersten vorsichtigen Schritte hinaus auf den Felsbogen tat, »ganz im Gegensatz zu früher, als du jung und rührselig warst!«

In Situationen wie dieser, wenn die Gefahr unausweichlich war, pflegte er sich gern mit sich selbst zu unterhalten. Das war seine Art, sich auf Bedrohungen vorzubereiten. Er mußte diesen Steg überwinden, es mochte kosten, was es wollte. Und er hatte keine andere Möglichkeit, als auf eigenen Füßen hinüberzukommen.

»Die Hitze kann so schlimm nicht werden«, redete er sich ein. Und: »Es gibt nichts, was du mit Rondras Hilfe nicht überwinden kannst.«

So tröstlich diese Gedanken aber auch sein mochten, sie konnten nicht über die Gefahr hinwegtäuschen.

Aigolf hatte inzwischen die höchste Stelle des Bogens erreicht und hielt kurz inne: Der Ausblick war überwältigend. Ein gewaltiges, zerklüftetes, gelbbraunes Tal lag zwischen den beiden Massiven, durchzogen von dem glühenden blutroten Strom, der sich zwischen Felsen und Einkerbungen hindurchwälzte. An vielen Stellen stieg Dampf auf, zwischen manchen Felsspitzen bildete sich Nebel. Und doch, hier hatte es niemals Wasser gegeben, der seltene Regen verdampfte meist, noch ehe er den Stein berührte. Nicht einmal die kleinste und zäheste Pflanze konnte hier gedeihen, kein Tier überleben.

Es ist alles tot, dachte Aigolf seltsam ergriffen. Selbst in der grausamen Khom gibt es Leben, und wenn es einmal regnet, bricht das Grün mit Gewalt hervor. So etwas wie hier habe ich noch nie gesehen. Es ist … ja, erhaben, und ich spüre fast den Atem des Göttlichen. Wenn es nicht Ingerimm ist, der Herr des Feuers, der hier herrscht, so mag es einer der Alten Drachen sein.

Die Sonne stand noch immer hoch am Himmel, und Aigolf ließ sich – einer plötzlichen Eingebung folgend – auf dem Scheitelpunkt des Bogens nieder, um weiter über das uralte Land zu schauen. Es gab ihm das Gefühl, seinem sehnlichsten Wunschtraum endlich nähergekommen zu sein; er war sicher, daß kein Aventurier jemals bis hierher gekommen war. Solange er überlebte, würde er es immer wieder wagen, in unbekannte Weiten vorzustoßen. Gerade der Anblick dieser Berge bestärkte ihn von neuem in seinem Entschluß. Was mochte ihn auf der anderen Seite alles erwarten?

Schließlich erhob er sich wieder und begann den Abstieg. Als Schutz vor der Hitze hatte er alles angezogen, was er mit sich führte, und den gehörnten Helm aufgesetzt. Der Steg war nur auf dem Teil, den er gerade erstiegen hatte, sanft gewölbt, doch die höchste Stelle lag ein gutes Stück hinter der Hälfte des Weges, so daß der Abstieg bald gefährlich steil werden mußte.

Das machte es Aigolf nicht leichter, und zudem wurde der Steg jetzt erheblich schmaler, auf dem Boden lag feines Geröll. All das hatte er von der anderen Seite aus nicht gesehen. Dergleichen Überraschungen war er jedoch gewohnt. Er rechnete stets damit. Das wenigste ließ sich vorhersagen, und ein wichtiges Gebot, das ein Abenteurer befolgen mußte, war die sofortige Anpassung an jede Situation. Es durfte keinen Schreckmoment geben, die Körperbeherrschung mußte ausgezeichnet sein.

Treffliche Lehren! dachte Aigolf. Sein Vater hatte ihm das immer wieder eingebleut, doch ein Junge von zehn, zwölf Jahren hatte zumeist anderes im Sinn, vor allem wenn er so geliebt und verwöhnt worden war wie Aigolf. Damals war die *Prinzessin* gebaut worden ...

»Was ist das schon wert, wenn die Narbe in meinem Herzen heute noch schmerzt?« murmelte er verbittert. Seltsame Gedanken befielen ihn, seitdem er sich auf den

Weg gemacht hatte, Suldrú zu besiegen, so als ob sich sein Leben dem Ende näherte. Er hatte schon von ehemaligen Kriegsgefährten gehört, die das nahende Ende vorausgeahnt hatten und ihr Leben in wehmütigen Erinnerungen noch einmal an sich hatten vorüberziehen lassen. »Wenn Suldrú ein Drache ist, stimmt dieses Gefühl wahrscheinlich.«

Aber Aigolf Thuransson war ein Krieger, und er gab nichts auf dunkle Ahnungen: »Solange ich mein Schwert noch halten kann, gebe ich nicht auf!«

Der Weg wurde immer steiler und rutschiger, und allmählich bekam Aigolf auch die Hitze zu spüren. Ein paar Schritte vor ihm flimmerte bereits die Luft; hinter den wallenden Luftschwaden war das Ende der Felsbrücke kaum mehr zu erkennen.

»Ich muß durch, so schnell ich kann!«

Entschlossen schlidderte er den schmalen Pfad hinab. Er vertraute sowohl seiner Körperbeherrschung als auch seinem Glück, das ihn bisher nie im Stich gelassen hatte. Er mußte es einfach schaffen, es gab keinen anderen Weg. Er hielt sich nicht mit Gedanken und Überlegungen auf, beschleunigte eher noch die Schritte. Sobald er einen Moment lang verharrte, wäre es vorbei, das wußte er. Dann würde er das Gleichgewicht verlieren und abstürzen.

Schon war er mitten in der wabernden, wallenden Hitze, die ihm sofort den Schweiß aus allen Poren trieb. Er fühlte bald ein immer unerträglicher werdendes Brennen, das Helm, Kleidung, Haut und Knochen zu durchdringen schien. Er wickelte den Umhang noch fester um sich, zog den Gesichtsschutz des Helms herunter und die Kapuze darüber – das alles, während seine Füße weiterstolperten, über das Geröll rutschten und jedesmal knapp vor dem Abgrund wieder Halt fanden. Schon traf die sengende Hitze seine Hände, er keuchte auf vor Schmerz und ruderte verzweifelt mit den Armen, um das Gleichgewicht nicht zu verlieren.

Inzwischen konnte er kaum mehr seine Umgebung erkennen, seine Augen tränten, und alles rings umher flimmerte und flirrte. Es gab keine Konturen mehr, nur ein einziges Gemisch aus Braun und Rot. Dennoch fand er irgendwie den Weg, die Füße traten nie daneben, die Augen erkannten gerade noch schemenhaft etwas Großes, Festes, das sich von dem glutroten Untergrund abhob. Und plötzlich ging es leichter. Die Glut, die seine Fußsohlen trotz der festen Stiefel zu verkohlen schien, wich zurück, und er spürte festen, nicht mehr heißen Boden unter sich. Er stolperte noch ein paar Schritte weiter, bevor ihn die Kräfte verließen, und er sank zu Boden, rollte sich aus dem rauchenden Umhang, riß den Helm herunter und saugte tief die frische, kühle Luft ein. Nach einigen Augenblicken gelang es ihm, den Brustgürtel zu lösen, und er wälzte sich von dem noch immer aufgeheizten *Feuerdorn* auf dem Rücken fort.

Und dasselbe noch einmal auf dem Rückweg, aber bergauf, dachte Aigolf. Er lachte rauh. Worüber mache ich mir eigentlich Gedanken? Noch habe ich Suldrú nicht einmal gefunden.

In diesem Moment war er sich nicht sicher, ob er das überhaupt noch wollte.

Der Steg war überwunden, und abgesehen von leichten Rötungen im Gesicht und Blasen auf den Händen hatte Aigolf die Hitze gut überstanden. Er hielt sich nicht lange auf, sondern setzte seinen Weg bis zur Dämmerung fort; erst dann suchte er sich ein geschütztes Plätzchen. Ein Feuer anzuzünden, kam ihm nicht in den Sinn, mit seinen schmerzenden Händen wäre es ihm auch schwerlich gelungen. Schanfar hatte ihm eine Salbe mitgegeben, die er nun auf Gesicht und Hände auftrug. Gleich darauf spürte er, wie das Brennen der Haut nachließ und sich eine angenehme Kühle ausbreitete. Zufrieden legte er sich schlafen.

Am nächsten Morgen machte er sich früh auf den Weg,

ohne etwas zu sich zu nehmen. Er wollte sparsam mit den Vorräten umgehen, da er nicht wußte, wie weit entfernt das Ziel lag. Solange er keine großen Anstrengungen vor sich hatte, konnte er den Hunger leicht ertragen.

Von der Brücke weg führte ein schmaler, stetig ansteigender Pfad um den Berghang herum und durch eine breite Spalte hindurch auf die andere Seite des Hanges. Da Aigolf sich bereits in beachtlicher Höhe befand, konnte er weit über das Land schauen. Vor ihm lag ein langgestrecktes enges Tal, an dessen Flanken sich gewaltige schneeweiße Felsmassive erhoben, aus mächtigen Kalksteinplatten aufgeschichtet. Aigolf schaute auf unzählige Irrwege, Schluchten und gezackte Klüfte hinab, die sich bis zum Horizont hinzogen. Erst dort, ganz im Osten, ging das leuchtende Weiß allmählich in ein rötliches Glühen über, erst dort fand sich der mächtige Lavastrom wieder.

Die Stille, die hier herrschte, war fast schmerzend: Nur ein sanfter Wind, kaum kräftig genug, um den feinen Staub von den Berghängen zu wehen, sonst gab es keinen Laut. Eine erstarrte Landschaft, die niemals Leben hervorbringen würde. Nicht einmal Götter oder Dämonen mochten hier verweilen. Der einsamste und verlorenste Platz Deres.

Für einen Augenblick bedauerte Aigolf, daß er allein hier war, weit und breit das einzige Lebewesen in dieser zerklüfteten Welt. Keinesfalls war es ein guter Ort zum Sterben, jedenfalls nicht für einen Krieger wie Aigolf Thuransson, so erhaben der Anblick auch sein mochte – er mußte weiter, weg von hier, so schnell wie möglich.

Er verbrachte geraume Zeit damit, sich den Weg von hier oben aus gut einzuprägen; wenn er erst einmal unten in den Schluchten war, konnte jeder Irrweg, jeder Fehler tödlich sein. Er mußte den Weg mit schlafwandlerischer Sicherheit finden und durfte sich nicht verunsichern lassen. Ihm war klar, daß dort unten ein Weg wie der andere aussehen würde und daß ein Pfad, der dem Sonnenstand nach in die richtige Richtung führte, plötzlich und unerwartet abknicken konnte.

Als er glaubte, sich des Weges einigermaßen sicher zu sein, machte er sich an den schwierigen Abstieg, der immer mehr zur mühseligen Kletterpartie ausartete. Mehr als einmal verfluchte er sein schweres Gepäck, das ihm wie ein Felsklotz auf dem Rücken hing und ihn hinabziehen wollte, während er sich an die Felsen preßte und vorsichtig die Vorsprünge und Spalten hinabtastete. Die schweren Wasserbeutel schlugen ihm plätschernd gegen die Brust, aber das nahm er noch gelassener hin, da das Wasser schließlich sein Überleben sicherte.

Der Abstieg kostete ihn sehr viel mehr Zeit, als er ursprünglich geschätzt hatte; es war schon fast dunkel, bis er endlich wieder festen Boden unter den Füßen hatte und die zitternden Glieder entspannen konnte. Er war am ganzen Körper schweißgebadet, keuchte und schnaufte schwer und machte sich nicht einmal mehr die Mühe, sein Lager im Schutz eines Felsens aufzuschlagen. In dieser Einsamkeit fürchtete er keinen Überfall noch sonst eine Bedrohung, sogar vor den Hagish fühlte er sich sicher. Allmählich wunderte er sich nicht mehr, daß die Hagish höchstens zweimal im Jahr für ihren grausamen Herrn auf Raubzug gingen. Noch etwas anderes fiel ihm ein: Dieser Weg war so lang und beschwerlich, daß die Drachlinge, die er getötet hatte, bestimmt noch nicht zurückerwartet wurden. Und bis ihr langes Ausbleiben die anderen mißtrauisch machen würde, wollte Aigolf sein Werk längst vollendet haben. Er streckte sich lang aus und war eingeschlafen, sowie sein Kopf den harten Sand berührte.

Am nächsten Morgen schmerzten Beine, Arme und Rücken, aber wenigstens saß keine kalte Feuchtigkeit in den Knochen, die es abzuschütteln galt. Die Glieder lockerten sich schnell, nachdem Aigolf sich ausgiebig gereckt hatte. Er verspürte keinen rechten Hunger, dennoch zwang er sich, etwas zu essen, denn er brauchte Kraft, um das Labyrinth der Schluchten so schnell wie möglich hinter sich zu bringen. Der Durst war das größere Problem, aber er zwang sich, nur wenig zu trinken. Es war hier zu trocken, um auf Quellen oder Tümpel hoffen zu können, nicht einmal Morgentau schien es zu geben.

Aigolf rief sich die tags zuvor eingeprägten Markierungspunkte ins Gedächtnis und marschierte los.

Mittags konnte er nicht mehr weiter. Er kam fast um vor Hitze, die sich zwischen den Steilhängen sammelte, ohne entweichen zu können. Kein Lüftchen regte sich hier unten, und die Sonne brannte unentwegt von einem bis auf ein paar Dunstschleier wolkenlosen Himmel herab. Das schneeweiße Leuchten der Felsmassive stach ihm in die Augen. Tränen liefen ihm die Wangen hinab. Sein Körper schrie nach Wasser, die Zunge klebte am Gaumen und schwoll an.

Schlimmer ist es nicht einmal in der Khôm, dachte Aigolf, während er sich in den kargen Schatten eines kleinen Felsvorsprungs kauerte. Jetzt weiterzugehen, wäre Wahnsinn, auch wenn ich wieder Zeit verliere.

Er gönnte sich einen großen Schluck Wasser, rieb sich Stirn und Nacken ein und benetzte ein großes Tuch, ein Geschenk Schanfars, das er sich nach Art der Novadis wieder um den Kopf wickelte, um sich vor der Sonne zu schützen. Er rollte sich ein und fiel in einen tiefen Erschöpfungsschlaf, aus dem er erst am Nachmittag erwachte. Die Sonne war schon nicht mehr zu sehen, und die Hitze wich langsam. Aigolf bedeckte das Gesicht mit dem Tuchende, um die Augen zu schützen. Durch das dünne Gewebe hatte er genügend Sicht. Rasch setzte er seinen Weg fort.

Aigolf marschierte, bis die Dunkelheit schlagartig hereinbrach. Einige wenige Sterne blinkten am Himmel, die ihm jedoch keine Auskunft darüber gaben, ob er sich auf dem richtigen Weg befand. Morgen mußte er die Mühe auf sich nehmen und eine Erhebung erklimmen, um sich einen Überblick zu verschaffen. Bisher hatte er das Gefühl, sich gut in dem Gewirr der Schluchten und Klüfte zurechtgefunden zu haben; zumindest hatte er bisher, von wenigen Umwegen abgesehen, stets die östliche Richtung beibehalten können. Aber er wagte es dennoch nicht, in der Dunkelheit weiterzugehen. Das Licht war zu gering und konnte ihn leicht in die Irre führen. Es war besser, so früh wie möglich wieder aufzubrechen, um zur Praiosstunde wieder eine Pause einzulegen.

»Dann bis morgen«, murmelte Aigolf zu sich selbst, um wenigstens einen leisen menschlichen Laut in dieser Stille zu erzeugen, aber er war sich nicht sicher, ob er seine eigene Stimme tatsächlich gehört hatte oder sie nur Einbildung gewesen war.

10. Kapitel

Der Gefangene

Irgendwann vergaß Aigolf, die Tage zu zählen, die er unterwegs war. Er hatte keinerlei Vorstellung mehr, wie lange es her war, daß er Schanfar und die Siedlung der Hagrím verlassen hatte. Er wußte nur, daß das Wasser in erschreckendem Maß zur Neige ging und daß er trotz des Tuches ein unangenehmes Augenflimmern verspürte. Allerdings hatte er sich nicht verirrt, und das war immerhin ein Trost.

Die Schlucht nahm irgendwann ein Ende, und Aigolf kam in eine weite Ebene voller Tümpel und Gruben, in denen schwefliges heißes Wasser kochte oder in Fontänen hervorschoß, sich in Rinnen sammelte und in kleinen Bächen und Flüssen abfloß. Die Luft war aufgeheizt und stank erbärmlich, und Aigolf band sich das Tuch fester um den Mund, da ihm übel wurde.

Es war mühsam, sich einen Weg zwischen den zahlreichen Löchern und Rinnsalen zu suchen. Der Lavafluß war zwischen den schwefligen Dunstschwaden hindurch weiterhin nur als rötliches Band weit entfernt sichtbar, aber der Krieger hielt noch immer die richtige Richtung.

Das sprudelnde Wasser erinnerte ihn daran, daß er schon lange kein ausgiebiges Bad mehr genossen hatte, ganz zu schweigen von einem Humpen erfrischenden schäumenden Bieres. Allmählich machte sich auch ein leises Hungergefühl bemerkbar, doch in dieser Geysirebene gab es ebenso wenig Leben wie in der weißen Schlucht.

Abends war es nicht leicht, einen Platz für die Nachtruhe zu finden, denn der Boden gab an vielen Stellen unangenehm nach, erschien oft auch dünn und brüchig, und Aigolf spürte kein Verlangen, mitten im Schlaf einzubrechen und langsam in kochendem Schwefelwasser gegart zu werden.

Nach zwei Tagen bemerkte er, daß das Gelände leicht absank, denn das rote Band des Lavastroms verschwand am Horizont. Unwillkürlich beschleunigte er seine Schritte; je länger er in dieser Einöde wanderte, um so mehr bedrückte die Einsamkeit sein Gemüt. In der Wildnis allein zu leben, machte ihm nichts aus, solange er blühendes Leben um sich hatte, aber hier bekam er allmählich das Gefühl, das Alleinsein nicht mehr lange ertragen zu können.

Wenn er nicht bald eine andere Gegend erreichte, würde er hier ohnehin elend verdursten. Sein Durchhaltewillen wurde zusätzlich durch die Tatsache belastet, daß er ständig von Wasser umgeben war und nichts davon trinken konnte. Mit den letzten Wasservorräten mußte er noch sparsamer umgehen als bisher.

Suldrú hat den geeigneten Ort gewählt, um sich zum unzugänglichen Gott aufzuschwingen, dachte er verbittert. Inzwischen war er froh, daß er niemanden als Begleitung mitgenommen hatte, denn keiner der Hagrím hätte diese Strapazen überstanden. Nur mit besonderer Ausdauer konnte man hier überleben.

Hör auf, Trübsal zu blasen! ermahnte er sich grimmig. Dann brichst du um so schneller zusammen. Du stellst dich an wie auf deiner ersten Fahrt, als ob du inzwischen nichts dazugelernt hättest. Es kann nicht mehr so weit sein, wie es den Anschein hat, du befindest dich nur in einer Senke. Sobald du draußen bist, wirst du sehen, daß das Ziel nahe ist.

Beinahe unmerklich stieg das Gelände bald darauf wieder an; Aigolf merkte es daran, daß die Tümpel seltener wurden und das Wasser ihm entgegenfloß. Diese Beobachtung verlieh ihm neue Kräfte, und er legte voll hoffnungsvoller Erwartung noch einen Schritt zu.

Und diesmal wurde er nicht enttäuscht. Als er am Rande der Senke stand, erblickte er hinter einem Hügelwall die Gipfel eines Zwillingsvulkans, aus dessen beiden Kegeln Rauchwolken aufstiegen. Der Lavastrom, dem er bisher gefolgt war, machte in der Ferne eine Biegung nach Norden und vereinigte sich später mit einem zweiten vom Vulkan kommenden glühenden Fluß.

Diesen Hügelwall noch, dann habe ich es geschafft, versicherte sich Aigolf. Wo anders als bei einem Vulkan sollte ein Drachenkönig seinen Hort haben? Und einen noch weiteren Weg nähmen selbst Drachlinge nicht auf sich, noch dazu wenn sie menschliche und vor allem lebende Beute zu ihrem Herrn bringen sollten.

Die Hügel zu bezwingen, war der leichteste Teil dieser Reise, und dann war es Aigolf endlich vergönnt, aufzuatmen.

Vor dem Zwillingsvulkan lag in einer weiteren Senke ein in der Sonne blau funkelnder großer See, eingerahmt von grasbewachsenen Hügelchen, Büschen und Bäumen – eine liebliche Oase inmitten der Einöde, die Aigolfs Herz höher schlagen ließ. So müde er auch war, lief und stolperte er doch hastig zur Senke hinunter, um sie noch vor der Dämmerung zu erreichen. Als er dort angekommen war, warf er die Waffengürtel, Vorrats- und Wasserbeutel, Umhang und Kleidung von sich und ließ sich mit einem Aufschrei in das eiskalte, frische, saubere Wasser fallen. Nachdem er mehrmals untergetaucht war, den ärgsten Durst gelöscht und einen befreiten Seufzer ausgestoßen hatte, ließ er sich einfach dahintreiben. Das kalte Wasser strich ihm über die Haut und belebte die erschöpften Glieder. Um sich herum hörte er die verschiedensten Vogelstimmen, und im klaren Wasser sah er Fische. Etwas ähnliches hatte er erwartet, denn die Hagish mußten sich schließlich ernähren, aber diese Oase hätte sich genausogut an anderer Stelle befinden können. Aber die Götter schienen mit Aigolf zu sein, sonst wäre er in seinem Alter kaum noch ein so erfolgreicher Abenteurer gewesen...

In diesem Augenblick war er gleichzeitig so müde und zufrieden, daß er keinen klaren Gedanken fassen konnte. Nicht einmal der Gedanke an unerwartet auftauchende Hagish beunruhigte ihn. Er war viel zu froh, die Strapazen endlich überstanden zu haben. Auch der Gedanke an den Rückweg schreckte ihn nicht, denn schließlich stand ihm noch die Begegnung mit Suldrú bevor.

An diesem Abend ging er nicht mehr fischen – dazu war er zu müde. Er wusch seine Kleider, schlug das Lager im Schutz eines großen Busches auf und war kurz nach Anbruch der Nacht eingeschlafen. Den nächsten Tag verbrachte er ungestört mit ausgiebigem Nichtstun, einem reichhaltigen Fischessen und wiederholten Bädern im See. Er legte sich wieder früh schlafen, da er am anderen Morgen spätestens bei Sonnenaufgang auf dem Weg sein wollte.

Der Weg zu dem rauchenden Zwillingsvulkan führte über ein wüstenähnliches Hochland aus welligen Sandhügeln, das bedeckt war mit kleinen und großen Gesteinsbrocken. Hier und da sprossen kleine Grasbüschel und blasse Blumen aus dem Lavasand, selten einmal erblickte Aigolf einen Vogel. Das Gelände stieg jetzt stetig an, und der Vulkan mit den beiden gleichgroßen Kegeln rückte immer näher, und je näher er kam, desto größer, finsterer und bedrohlicher wirkte er. Aigolf hoffte, daß das unaufhörliche Rauchen aus den Kratern kein Vorzeichen für einen baldigen Ausbruch war. Auch hoffte er, nicht gerade jetzt den Hagish zu begegnen, denn in dieser Wüste konnte er sich nirgendwo verbergen und war weithin sichtbar.

Doch es blieb alles ruhig und einsam. Dennoch atmete er unwillkürlich auf, als er am weitläufigen Fuß des Vulkans felsiges Gelände erreichte, das Deckung bot. Hier traf Aigolf auf einen künstlich geglätteten breiten Pfad, der sich zwischen den Felsen hindurch schlängelte, und nun wußte er mit Sicherheit, daß er auf dem richtigen Weg war.

Als er einen Blick zurückwarf, um noch einmal das einsame Land zu betrachten, das er durchquert hatte, stockte ihm der Atem. Mit rasender Schnelligkeit braute sich am Himmel ein Sturm zusammen, der genau auf ihn zukam. Von einem Augenblick zum nächsten wurde es finster, schwarze Gewitterwolken löschten das Licht der Sonne aus. Aigolf sah, wie Sandschwaden aus dem Erdboden gepeitscht und voller Wucht bis zum Gewittergewölk emporgeschleudert wurden. Sie bildeten Wirbel und Fontänen, bis sie sich jählings zu einer Sturzflut aus Sand zusammenballten, die schwarz und tödlich auf breiter Front heranrollte.

Aigolf rannte auf der verzweifelten Suche nach einer kleinen Höhle oder wenigstens einer schmalen Nische, in die er sich hineinzwängen konnte, den Hagish-Pfad entlang. Das Donnern und Brausen des herannahenden Sandsturms und das Krachen der Gewitterwolken über ihm beflügelten seine Schritte, obwohl er kaum mehr die Hand vor Augen sehen konnte. Endlich entdeckte er einen Felsspalt, in den er sich mühsam hineinquetschte. Keinen Augenblick zu früh – denn schon war der Sturm über ihm, und zahllose kleine und große Steine prasselten mit tödlicher Wucht auf die Felsen nieder, Flutwellen von Sand stürzten über die Brocken hinweg wie Brecher über ein Schiff. Der feine Sandstaub drang in Augen und Nase, belegte Gaumen und Zunge, zwang zu würgend langsamen Atemzügen und reizte zum Husten.

Rondra, womit habe ich dich verärgert, daß du deinen Zorn über mich ergießt? dachte der Krieger. Habe ich dich zu wenig geehrt oder einen schweren Fehler begangen? Aigolf hatte keine Möglichkeit, die Zeit abzuschätzen, in der der Sturm tobte. Es erschien ihm wie eine Ewigkeit.

Genauso schnell, wie es gekommen war, verebbte das Unwetter wieder. Das Prasseln der Steine endete jäh, die Sandwellen verrieselten, die Wolken brachen auf und rasten nach Westen davon. Die Sonne übernahm nun wieder die Herrschaft über den befreiten Himmel, und die restlichen Sandwirbel lösten sich rasch auf.

Aigolf kämpfte sich mühsam aus der halbverschütteten Felsspalte und rang hustend und würgend nach Luft. Er schüttelte sich, und aus Ohren, Haaren und Kleidern rieselte der Sand heraus. Seine Haut fühlte sich rauh und trocken an, und er mußte mehrmals niesen, bis die Nase wieder frei war. Die Felslandschaft sah völlig verändert aus, größere Felsbrocken waren herumgewirbelt und an anderer Stelle herabgeschleudert worden, teilweise türmte sich der Sand über einen Schritt hoch auf. Der Hagish-Pfad war größtenteils verschüttet, aber teilweise noch sichtbar: Er führte in eine Schlucht hinein, die in den Ausläufern des Vulkans mündete. Das Gelände war unwegsam, ständig löste sich Geröll unter Aigolfs Füßen, und er stolperte mehrmals gegen die Felsen.

Kurz vor dem direkten Anstieg auf den Vulkan nahm der Pfad eine andere Richtung, in eine weitere Schlucht hinein, und statt aufwärts ging es jetzt abwärts.

In das Herz des Drachen, dachte Aigolf voller Unbehagen. Immer die gleichen Überlegungen, seit er bei den Hagrím lebte. Es wurde Zeit, daß er der Wirklichkeit gegenübertrat.

Der Weg führte weiter hinab, durch eine schmale Felsschlucht, deren Wände bei jedem Schritt näher an Aigolf heranrückten. Bald war der Himmel nicht mehr zu sehen, und die Felsschichten, die sich über seinem Kopf auftürmten, schienen sich irgendwo hoch droben zu berühren. Dunkelheit lag vor ihm, und Aigolf tastete sich eine Zeitlang vorsichtig voran, bis er sich doch dazu entschloß, eine kleine Fackel aus seinem Gepäck zu holen und anzuzünden. Es gefiel ihm gar nicht, dadurch seine Anwesenheit geradezu hinauszuschreien, aber es war inzwischen stockfinster. Den Drachlingen mochte diese Dunkelheit nichts ausmachen, aber ein Mensch konnte sich unmöglich hier zurechtfinden.

Lassen wir's drauf ankommen, dachte Aigolf und fragte sich dann verwundert, wen er mit *wir* wohl meinte. Ich und meine Schwerter, fügte er hinzu.

Er zog den *Drachenzahn* – der *Feuerdorn* war in dieser Enge zu unhandlich – und schritt langsam weiter den Gang entlang, der in die Tiefe führte.

Allmählich wurde es wärmer, die Luft schmeckte schal und abgestanden, nur gelegentlich wehte ein kühler Luftzug, wies auf weitere Gänge und Verbindungen zur Oberwelt hin.

Da er keinem Hagish begegnete, ließ Aigolfs Anspannung allmählich nach. Natürlich gab es keinen Grund, den Zugang zu bewachen, da anscheinend noch kein Fremder hierhergekommen war. Wahrscheinlich hielten sich die Drachlinge tief im Berginnern auf.

Noch immer ging es leicht bergab, tiefer in den Berg hinein, und Aigolf spürte von Zeit zu Zeit ein leises Zittern unter den Füßen. Er lebt tatsächlich im Vulkan, dachte er mit leichtem Schauder. Er muß sich sehr sicher sein, daß es in den nächsten Jahrhunderten oder gar Jahrtausenden zu keinem Ausbruch kommen wird.

Schweiß tropfte Aigolf von der Stirn, und das Gewicht seiner Ausrüstung drückte ihm immer mehr auf die Schultern. Er wollte das Zeug loswerden, um genügend Bewegungsfreiheit zu haben, wenn es zum Kampf käme. Dafür mußte er das Risiko eingehen, die Sachen nicht wiederzufinden, falls er durch einen anderen Gang flüchten mußte.

Eine Zeitlang suchte er nach einem Versteck, das er wiederfinden würde, als der Abstieg plötzlich zu Ende war, der Gang sich verbreiterte und in eine kleine Höhle führte. Von hier aus verzweigten mehrere Gänge in verschiedenen Richtungen weiter in den Berg hinein, hier mußte er auf dem Rückweg vorbeikommen – falls es für ihn einen Rückweg gab. Aigolf legte seine Ausrüstung ab, bis auf Helm und Waffen, sammelte einige kleinere Felsstücke und schichtete sie über den Sachen auf. Möglicherweise fiel die Veränderung den Hagish auf, aber wahrscheinlich schenkten sie ihr keine Beachtung. Hier wurden sicher keine ungebetenen Gäste erwartet. Dann richtete er sich auf und musterte die übrigen fünf Gänge. Er hatte keinerlei Vorstellung, wohin er sich wenden sollte, und verlegte sich daher zunächst aufs Beobachten; jede Kleinigkeit konnte wichtig sein.

Als er sich den Gangboden betrachtete, fiel ihm zum ersten Mal ein leises Pfeifen wie von einem an- und abschwellenden Wind auf, der auf der Suche nach draußen durch die Gänge irrte.

Das ist es, dachte der Bornländer.

Er zog das Schwert, durchquerte die Höhle und betrat den Gang, aus dem das Pfeifen erklang. Je weiter er vordrang, desto stärker wurde dieses seltsame Geräusch. Es klang immer weniger wie ein Luftzug, sondern mehr wie ein … Atmen. Das rasselnde schwere Atmen eines Riesenwesens, das hier irgendwo lauerte, ein zischender Laut beim Einatmen und ein donnernder Stoß beim Ausatmen.

Die Luft wurde fast unerträglich heiß, es stank nach Schwefel und Verwesung. Als Aigolf am Ende der nächsten Biegung ein schwaches Schimmern entdeckte, löschte er eilig die Fackel und steckte sie an den Gürtel.

Unwillkürlich nahm er eine geduckte Haltung ein und schlich dicht an die Wand gepreßt weiter, bemüht, jeden Laut, jede Regung wahrzumachen, ohne dabei selbst bemerkt zu werden.

Das Atmen schwoll zu einem gleichmäßigen heftigen Brausen an, das alle anderen Geräusche übertönte.

Aigolf wurde übel, da der Gestank nahezu unerträglich wurde; sein Magen krampfte sich zusammen. Er band sich das Tuch vor Nase und Mund, stülpte sich den gehörnten Helm auf und schloß den Kinnschutz.

Jetzt rann ihm zwar der Schweiß den Nacken hinunter, aber damit mußte er sich abfinden.

Der Lichtschein wurde rasch zu einem Leuchten, das die seltsam glatten Wände in allen Farben zum Glänzen brachte. Aigolf vermutete längst, worauf er da zusteuerte, und er empfand gleichermaßen große Neugier und Unbehagen.

Brausendes Atmen und Stöhnen umgaben ihn von allen Seiten, und das Funkeln und Leuchten wurde immer stärker – bis er endlich sein Ziel erreicht hatte.

Vor Aigolf öffnete sich eine gewaltige Höhle, in der ein unermeßlicher Schatz an Juwelen, Gold- und Silberstücken, Münzen, Geschmeide und Schmuck aufgetürmt war. Das Leuchten der Edelsteine brach sich an den Wänden, wurde als farbiges Gleißen zurückgeworfen und brachte den Schatz noch stärker zum Schimmern.

Auf diesem gewaltigen Reichtum, der Aigolfs kühnste Träume übertraf, ruhte ein Drache, dessen rasselndes Atmen dem Krieger den Weg gewiesen hatte. Der von schwarzen Schuppen bedeckte Rumpf maß etwa fünf Schritt in der Länge und drei Schritt in der Höhe, hinzu kamen noch der überraschend bewegliche lange Schwanz und der breite Schädel mit dem rotglühenden Rachen, aus dem mächtige Reißzähne ragten.

Aigolf schlich weiter in die große Höhle hinein, hütete sich aber, dem Drachen zu nahe zu kommen; denn er hatte gehört, daß der Feueratem eines Höhlendrachen gut fünf Schritt weit reichen sollte. Höhlendrachen mochten selten sein, aber dieser hier sah einem solchen Biest ein wenig ähnlich.

Der Bornländer hatte noch niemals einen echten Drachenhort gesehen. Nach einer Weile atemlosen Staunens begriff er, daß dieser Drache nicht mehr jung sein konnte; seine schwarze Schuppenhaut war von häßlichen weißen

Narben überzogen, seine Flanken waren eingefallen, und wie er so schweratmend dalag, wirkte er wie ein kränkelnder Greis, der es auf der Brust hatte.

Dennoch war der Drache mißtrauisch, wachsam und stark: Aigolf sah, wie sich langsam ein Lid hob und ein darunter funkelndes gelbes Auge sichtbar wurde, dessen gespaltene Pupille sich erweiterte und wieder zusammenzog; dann schien das Ungetüm Aigolf erblickt zu haben.

»Arrummmpfff«, ließ der Drache vernehmen und hob langsam den mächtigen Schädel. Aigolf enthielt sich einer Bemerkung und sah sich nach einer geeigneten Deckung um.

»Ich rieche Menschenfleisch«, grollte die Stimme des Ungetüms erneut durch die Höhle. »Ich kann dich sehen, kleiner Wurm. Komm doch näher!« Der Drache benutzte die Sprache der Hagrím (wenngleich die Worte seltsam gedehnt klangen), und das bestätigte Aigolf in seiner Vermutung, daß nicht nur die Hagrím, sondern auch Suldrú selbst aus den Ländern jenseits des Ehernen Schwerts stammten. In Aventurien gab es Drachen, wenn auch selten, und warum sollten sie nicht auf ganz Dere vorkommen?

»Ich kann mich ganz gut von hier aus mit dir unterhalten«, erwiderte der Bornländer in der Sprache der Hagrím.

»Unterhalten? *Unterhalten?*« Der Drache stieß ein heiseres Zischen aus, um seine Erheiterung auszudrücken. »Kein Mensch *unterhält* sich mit einem Drachen, es sei denn, er ist ein Magier – nun, bist du ein Magier, Würmchen?«

»Nein, ich bin ein Krieger – und äußerst gut bewaffnet.« Aigolf wollte es nicht darauf ankommen lassen, magische Künste unter Beweis stellen zu müssen, wenn er versuchte, aus einer Lüge einen Vorteil zu ziehen. Sollte der Hortwächter ihn ruhig nicht ernstnehmen und sich so eine Schwäche geben.

»Deine Bewaffnung nützt nichts gegen meinen Feueratem«, spottete sich der Drache und schnaubte Feuer.

Aigolf preßte sich in eine Felsnische und spürte, wie ihm die Hitze die Handrücken versengte. Sobald er das Nachlassen des Feuerstoßes spürte, sprang er aus der Nische hervor in das funkelnde Licht des Hortes, fing mit der Klinge des *Drachenzahns* einen Lichtstrahl auf und warf ihn genau auf das ihm zugewandte linke Auge des Ungetüms.

Der Drache stieß ein schmerzerfülltes Fauchen aus und wich einen Schritt zurück. Da hörte Aigolf ein schweres Rasseln, dessen Klang ihm irgendwie bekannt vorkam.

Das ist doch nicht möglich... wie kann das sein..., dachte er überrascht. Um sich zu überzeugen, mußte er seitlich an dem Drachen vorbei; ein gefährliches Unterfangen, da er dabei unweigerlich in Reichweite des nervös zuckenden Schwanzes geriet. Der Drache konnte zwar nicht kräftig zuschlagen, ohne dabei den Großteil des Schatzes durch die Gegend zu schleudern oder sogar die Höhle zum Einsturz zu bringen, aber auch ein leichter Hieb konnte Aigolf zerschmettern.

»Du bist noch da?« zischte der Hortwächter und drehte schlangengleich den langen Hals, folgte Aigolfs Bewegungen, der sich langsam an der Wand entlangschob, nunmehr mit dem rechten Auge.

»Selbstverständlich, du lahmer Molch«, antwortete Aigolf höhnisch. »Du bist ja schon so alt, daß du kaum mehr Atem für einen anständigen Feuerstoß aufbringst!«

»Hüte deine Zunge!« grollte der Drache. »Aus dieser Höhle kommst du nicht mehr lebend heraus, und nur meiner Langeweile verdankst du es, daß du noch aus einem Stück bestehst! Du bist einmal eine angenehme Abwechslung, dennoch wirst du bald den Weg aller Menschen nehmen – den Schlund hinunter in den Magen!«

Es gab keinen Grund, dieser Prophezeiung keinen Glauben zu schenken, aber bisher hatte der Drache noch keine Anstalten gemacht, dem Krieger den Garaus zu machen: Noch wollte er spielen. »Sag mal, kommst du nie an die frische Luft? So wie du stinkst, meine ich…«, versuchte Aigolf den Drachen weiter zu reizen.

Der Drache knurrte wuterfüllt und bewegte sich zur Seite, um den Krieger ins Visier zu nehmen – genau dorthin, wo Aigolf ihn haben wollte, denn jetzt konnte der Krieger es klar und deutlich sehen… Er stutzte – und begann zu lachen.

»Hör auf zu lachen!« brüllte der Drache so laut, daß der Bornländer sich die Ohren zuhalten mußte. »Hör auf zu lachen!« An seinem linken Hinterbein war ein Reif mit einer Kette befestigt, und diese wiederum führte zu an einem dicken Ring in der Felswand. Deshalb hatte der Drache sich zurückgehalten!

Aigolf rang prustend nach Luft. Er konnte kaum fassen, was er sah. »Du… bist gar nicht Suldrú?« stieß er schließlich mühsam hervor. Diese Erkenntnis konnte ihn in diesem Moment nicht einmal mehr erschüttern.

»Nein«, sagte der Drache, und es klang fast kläglich. »Ich bin sein Gefangener.« Der Hortwächter war derart beschämt, daß er nicht einmal auf den Gedanken kam, diesen frechen Eindringling in ein Häufchen Asche zu verwandeln.

Er drehte den Schädel zu Aigolf. »Kannst du dir vorstellen, wie das ist, einen Schatz zu bewachen, der nicht dein eigener ist? Ich weiß nicht einmal mehr, wie die Welt draußen aussieht, so lange sitze ich schon hier.« Die Pupillen seiner gelben Augen weiteten sich plötzlich und zogen sich dann zu schmalen Schlitzen zusammen. »Wenigstens bleibt mir ein kleiner Trost, wenn ich dich jetzt verspeise«, fügte er hinzu.

»Ach komm, das macht dir doch gar keinen Spaß«, widersprach Aigolf spöttisch.

»Wenn du wüßtest, mit welchem Dreck er mich füttern läßt«, zischte der gefangene Drache. »Ich brauche Fleisch, und du, du bist mir so nahe, daß nichts dich retten kann. Du stehst sehr gut im Futter, vielleicht schon ein bißchen zäh, aber du wirst mir vorzüglich munden und mir die Erinnerung an den Wohlgeschmack für die nächsten Jahrhunderte bewahren.«

Sein großer stachliger Schädel näherte sich Aigolf langsam und bedrohlich, seine gespaltene Zunge züngelte gierig nach dem Krieger und glitt dann schnalzend über die eindrucksvollen Reißzähne, neben denen sich Lücken und schwarze Stümpfe im Rachen befanden. Immer noch viel zu viele Zähne, befand Aigolf im stillen.

Der Krieger wich ebenso langsam zurück und hob beschwichtigend die freie Hand. »Hör mal, da gibt es doch noch eine andere Möglichkeit!« sagte er hastig. »Hör mir erst einmal zu! Wenn dir mein Vorschlag nicht paßt, kannst du mich immer noch fressen!«

»In der Tat, ich unterhalte mich gern mit dir, denn du bist nicht gar so dämlich wie diese schmierigen Hagish, aber du solltest nicht versuchen, mich hinters Licht zu führen. Verstanden?«

»Kein Gedanke«, versicherte der Krieger. Beunruhigt beobachtete er, daß zwischen ihm und dem rettenden Gang der glühende und dampfende Rachen stand. Aber er hatte keine Wahl, er mußte versuchen, mit dem Gefangenen einig zu werden – lieber ein solcher Verbündeter als gar keiner.

»Wo sind die Hagish überhaupt?« erkundigte er sich.

»Bei *ihm*«, zischte der Drache. »Als ich den Dreck satt hatte, habe ich einige verspeist, seitdem kommen sie nur, um mir weiteren widerlichen Fraß hinzuschmeißen, und halten sich ansonsten fern. Im Grunde habe ich nichts gegen sie, aber solange sie diesem Wicht dienen, werde ich sie fressen.«

»Dann gibt es also nicht viele von ihnen?«

»Nicht einmal mehr dreißig, schätze ich. Einige sind schon an Altersschwäche gestorben.«

»Hm.« Aigolf legte nachdenklich die Stirn in Falten. »Bedeutet das, daß die Hagish ursprünglich für dich *ar-*

beiteten?« Er wählte absichtlich dieses Wort, um dem Drachen zu schmeicheln.

»Ja, natürlich. Unsere eigentliche Heimat liegt jenseits der Berge. Wir sind ausgewandert, um uns in anderen Menschenländern umzutun, bis... dieser Wicht kam und mich an die Kette legte. Er ist uns aus der Heimat gefolgt.«

»Darf ich mir die Kette einmal ansehen?«

»Bitte. Es macht keinen Unterschied im Geschmack, ob du wissend stirbst oder nicht.«

Aigolf näherte sich vorsichtig der Kette und ließ dabei den unruhig zuckenden Schwanz des Drachen nicht aus den Augen. Einige Zeit prüfte er die Kette und die beiden Ringe sorgfältig. »Magie, schätze ich.«

»Selbstverständlich, du Hohlkopf, sonst risse ich die Kette sofort von der Wand!« röhrte der Gefangene.

Aigolf baute sich hochaufgerichtet vor dem feurigen Rachen des Drachen auf und grinste ihn selbstbewußt an. »Ich könnte es«, sagte er.

Ein Auge blinzelte, das andere starrte den Krieger unverwandt an. »Was? Wie?« fauchte der Drache. »Du armseliger Menschenwurm, hast du den Verstand verloren?« Er jaulte auf und riß den Kopf zurück, als der Krieger plötzlich das Schwert hob und erneut einen Lichtblitz in das Drachenauge lenkte.

»Du hast mich geblendet!« jammerte das Ungetüm.

»Ich sagte, ich könnte es«, wiederholte Aigolf geduldig. »Keine Sorge, du kannst bald wieder sehen... Es dauert nur ein Weilchen. – Dieses Schwert trägt den Namen *Drachenzahn*, und du kannst dir ruhig darüber Gedanken machen, weshalb es so heißt. Ich mache dir also einen Vorschlag. Willst du ihn hören?«

Der Drache schüttelte den Schädel, aus dem geblendeten Auge troff gelber Schleim. »Laß hören«, grollte er.

»Wir schließen ein Bündnis gegen Suldrú. Seinetwegen bin ich hier. Ich möchte die Menschen, die er tyrannisiert, von ihm befreien. Dazu könnte ich deine Hilfe gebrauchen. Also befreie ich dich und überlasse dir auch den gesamten Schatz, unter der Bedingung, daß du mich gegen Suldrú unterstützt und danach mit den Hagish von hier verschwindest, und zwar für immer.«

Aus den geblähten Nüstern des gefangenen Hortwächters drangen feine Rauchwölkchen, offenbar dachte er angestrengt nach. »Dein Vorschlag ist nicht schlecht«, zischte er. »Und wenn wir mit allem fertig sind, möchte ich dich gern fressen.«

»Vergiß es«, winkte Aigolf ab. »Und glaube nur nicht, daß du den Pakt brechen kannst. Ich habe nämlich noch einen Freund dabei.« Mit diesen Worten zog er den *Feuerdorn* und richtete ihn auf den Drachen. »Es ist ein guter Handel, und angesichts deines Alters und der langen Zeit, die du hier schon in Ketten liegst, solltest du darauf eingehen, statt dich mit mir anzulegen. Ich schätze auch, daß ihr, du und die Hagish, ziemliches Heimweh habt.«

»Hmmmmm«, machte der Drache gedehnt, und noch einmal: »Hmmmm.«

Dann nickte er. »Einverstanden, Würmchen.« Und plötzlich rollte ein Lachen aus seiner Brust. »Du bist ein abgefeimtes kleines Kerlchen, und ich könnte mich fast für dich erwärmen – zu schade, daß du dich nicht fressen lassen willst... Und jetzt schlag die Kette durch, oder, bei allen feuerspeienden Vulkanen, du erlebst den Anbruch der nächsten Stunde nicht mehr!«

Aigolf ließ sich nicht lange bitten. Er hob das Schwert, schickte ein Stoßgebet zu Rondra und hieb dann mit aller Kraft auf die Kette. Der erste Schlag riß ihm beinahe das Schwert aus der Hand, aber der *Feuerdorn* hatte zischend und funkensprühend eine Scharte in die Kette gegraben. In der Hoffnung, daß sein Schwert stärker war als die Magie, die auf der Kette lag, schlug Aigolf noch zwei weitere Male kraftvoll auf die Kette ein. Es rauchte, blitzte und dampfte, und dann zerbarst die Kette mit einem hohen singenden Ton. Der Bornländer wich eilig an die

Wand zurück und tastete sich in die Nähe des Ganges vor. Dabei rieb er sein schmerzendes Handgelenk und strich zärtlich über die Klinge des *Feuerdorns*.

Der Drache drehte den Kopf zu der zerborstenen Kette, starrte sie an. Es war offenkundig, daß der Hortwächter verblüfft und verwirrt war, so plötzlich nach so langer Zeit befreit zu sein. Er tat zwei Schritte fort von der Kette, dann einen weiteren, und als er nicht zurückgehalten wurde, stieß er ein lautes Gebrüll aus, das Aigolf zwang, sich die Ohren zuzuhalten. Die Wände erbebten unter dem Freudengeheul und den ungelenken Tritten des Drachens, der in seiner Begeisterung fast die Höhle zum Einsturz brachte.

»Bist du verrückt?« schrie Aigolf. »Willst du denn gleich alle herlocken?«

»Die sind weit weg«, erwiderte der Drache. »Würmchen, du bist wirklich gut. Dafür lasse ich dich sogar am Leben – zumindest im Augenblick –, denn ich bin dir wirklich dankbar.«

»Nein«, widersprach Aigolf hart, »noch ist Suldrú eine Gefahr für dich. Erst danach wirst du dankbar sein.«

Der Hortwächter verharrte und maß den Bornländer mit gelbfunkelndem Blick. »Du bist ganz schön mutig«, zischte er.

»Und du hältst dich besser an den Pakt«, meinte Aigolf gleichmütig. Er hob drohend das Schwert, und der Drache fuhr sofort zurück und kniff die Augen zusammen.

»Biestiges, lausiges, kleines Kerlchen«, grollte er. »Na schön, dann laß uns keine Zeit verlieren. Gehen wir zu dem erbärmlichen Wicht.«

»Werden die Hagish ihm helfen?« wollte Aigolf noch wissen.

»Sie werden sich heraushalten, wie immer.«

»Warum nennst du Suldrú eigentlich einen Wicht?«

»Weil er ein Wicht ist, darum. Nur mit Hilfe der Magie konnte er die Macht über mich erlangen, sonst hätte ich ihm mit einer zarten Berührung meiner Schwanzspitze den Garaus gemacht. Zur Bewachung eines großen Schatzes ist nun einmal ein Hortwächter wie ich am besten geeignet, nicht ein solch lächerlicher Wurm wie er.«

»Hm«, seufzte Aigolf. »Und durch die Hilfe der Hagish, die nach deiner Gefangennahme übergelaufen sind, kann er uneingeschränkt herrschen.«

»Jawohl. Von allen Menschen, die jemals hierhergebracht wurden, hat nie einer gewagt zu fliehen. Und keiner der Angehörigen ist je gekommen, um die Wahrheit herauszufinden. Nein, sie erstarrten alle die unzähligen Jahre lang in Ehrfurcht und Angst. Du bist der erste, ein richtiger Held! Das ist übrigens auch ein Grund, weshalb ich ihm den Kopf abbeißen werde: Ich habe nie einen Menschen abbekommen – dabei waren oft genug wirklich allerliebste Mädchen dabei, die munden besonders gut.«

Der Drache hatte weder Aigolfs Gesichtsausdruck noch das Zucken der Schwerthand bemerkt. Dem Krieger war bewußt, daß der Hortwächter sich nach Suldrús Niederlage keinen Deut mehr um den Pakt kümmern würde, aber darauf mußte er es ankommen lassen.

»Du hast richtig gehandelt, Würmchen«, fuhr der Drache fort, während er gemächlich den Leib zur Seite bog und den Blick auf einen großen Gang ins Innere des Berges freigab. »Suldrú ist nur ein lächerlicher Wicht, den du wahrscheinlich auch ohne meine Hilfe erledigen könntest, aber er hat ein gutes Versteck. Du könntest ihn in hundert Jahren nicht finden, aber ich weiß, wo er steckt. Ein Drache vergiß niemals. Ich werde dich zu ihm führen.«

»Ich folge dir. Und keine Tricks, mein Freund. Mein Schwert zielt auf deinen Schwanz, und ich denke, du wirst es nicht zu schätzen wissen, wenn plötzlich ein Stück von dir fehlt.«

Der alte Drache lachte dröhnend und schob den massigen Körper in den Gang hinein.

11. Kapitel

Der Drachenkönig

Der Weg war weit und führte in verwirrenden Zickzackbahnen auf- und abwärts. Zunächst war es stockfinster, und Aigolf folgte den schweren Tritten des Hortwächters und dem Schimmern der gelben Augen; dennoch stolperte er mehrmals, was den Drachen überaus erheiterte. Der Gang war breit genug, daß der Hortwächter bequem hindurchpaßte, aber er konnte sich keinesfalls umdrehen; so war Aigolf zumindest für diese Zeit vor seinen Fängen sicher.

Durch die Dunkelheit und das eintönige Marschieren verlor der Krieger jegliches Zeitgefühl. Schließlich machte er ein diffuses Licht aus, dann wurde es tatsächlich heller. Der Gang verbreitete sich, und durch Felsspalten und Ritzen fiel Tageslicht ein.

Der Drache achtete sorgfältig darauf, den Lichtstrahlen auszuweichen. »Die Morgensonne verabscheue ich am meisten,« erklärte er. Morgensonne? Dann befand sich Aigolf schon einen halben Tag und eine Nacht lang innerhalb des Vulkans! Das Ende des Marsches war jedoch noch lange nicht abzusehen; Helligkeit wechselte mit Dunkelheit, der Pfad wurde immer felsiger und war stellenweise recht steil. Dann bog der Hortwächter an einer Wegkreuzung wieder in Richtung auf das Berginnere ab.

Aigolf vermutete, daß sie sich inzwischen auf der anderen Seite des Berges befanden, in einem riesigen weitverzweigten Ganggewirr. Durch den Bogen, den der Drache schlug, kamen sie jetzt auch wieder der Wärme und damit dem Herzen des Vulkans näher. Immer wieder erbebte der Boden, und es wurde allmählich heißer, obwohl an vielen Stellen Luft durch Felsspalten an der Decke einströmte.

»Lebt er nicht im Berg, so wie du?« fragte Aigolf.

»Nein«, lautete die einsilbige Antwort.

Der Bornländer zuckte die Schultern. Er mußte dem Drachen folgen und abwarten. Der Gestank nahm wieder zu, schweflige Schwaden zogen zwischen den Felsen umher und erschwerten die Sicht. Aigolf kam an mehreren blubbernden Schwefeltümpeln vorbei, an den Rändern lagen nicht selten ausgebleichte Knochen, zumeist menschliche.

»Manchmal läßt Suldrú sein Essen darin sieden, das ist eine schmackhafte Abwechslung für ihn«, erklärte der Hortwächter, ohne daß Aigolf um eine Erläuterung gebeten hatte. »Es ist ohnehin selten genug, daß man hier unten ein Festmahl bekommt.«

»Ich dachte, ein Drache ist genügsam«, meinte Aigolf angeekelt.

»Wenn wir das nicht wären, gäbe es längst schon keine Menschen mehr, und wir ließen uns nicht in dieser verlassenen Gegend nieder. Die paar Knochen hier sind wirklich nicht der Rede wert.«

»Und der Schatz, den du bewacht hast?«

»Geht dich einen Dreck an.«

Bestens, dachte Aigolf.

Die Hitze wurde immer stärker, während der Drache einen Felsgrat erklomm und dann plötzlich stehenblieb. Der Bornländer sah einen Steg, der sich über einen tiefen Abgrund wölbte. Dort unten lag wieder eine Ader des Vulkans bloß, ein schmaler kochendheißer Lavafluß, der rasch dahinströmte. Dampf- und Rauchwolken zogen herauf und brachten die Luft zum Flirren.

»Diesen Steg noch, dann sind wir gleich da«, behaup-

163

tete der Drache und betrat ohne Umstände die schmale Brücke. Er mußte vorsichtig Tatze vor Tatze setzen, aber er schwankte nicht und kam ohne Schwierigkeiten auf der anderen Seite an. »Ahhhh«, grunzte er, »das tut gut, endlich einmal genug Wärme.«

Aigolf hielt sich nicht lange auf. Er rannte, so schnell er konnte, über die Brücke und kam keuchend auf der anderen Seite an. Seine Kleidung rauchte an einigen Stellen, aber sie hatte der Hitze standgehalten und ihn vor Verbrennungen bewahrt.

Der Hortwächter richtete seine gelben Augen auf ihn, sagte jedoch nichts. Vielleicht war er enttäuscht, daß der Mensch dieses Hindernis so leicht genommen hatte. Er wandte sich um und ging den Weg weiter, auf einen zweiten Felsrücken hinauf, und blieb dann erneut stehen.

»Sieh dort hinunter, Bürschchen, solange du Zeit hast.«

Aigolf beschlich ein unangenehmes Gefühl, sowie er einen Blick über den Rand gewagt hatte: Ein Talkessel lag unter ihm, von dem übelster Gestank ausging, übersät mit Geschmeide, Knochen, Fellfetzen, halbverwesten Kadavern und mit vielen Dingen, die auf menschliche Opfer schließen ließen – auch Waffen. Ein Nest, ein gigantischer Hort, schoß es ihm durch den Sinn, und er war sich sicher, daß er das Ziel endgültig erreicht hatte.

Dann erblickte er Suldrú.

»Aha«, sagte der Krieger. »Das also verstehst du unter einem Wicht.«

Der Drachenkönig schlief, und das gab Aigolf Zeit, sich der Tragweite seines Vorhabens bewußt zu werden. Das Ungeheuer zu seinen Füßen schien einem Alptraum entsprungen zu sein; ein dreiköpfiger, sechsbeiniger Riese von fast acht Schritt Schulterhöhe, sechzehn Schritt Rumpf- und noch einmal acht Schritt Schwanzlänge. Wenn er die ledrigen Schwingen ausbreitete, maßen sie sicherlich mehr als fünfzehn Schritt. Der Körper war mit irisierenden giftgrünen Schuppen bedeckt.

»Schau ihn dir genau an«, zischelte der Hortwächter, so leise er konnte. »Er ist alt, mindestens ebenso alt wie ich.«

Deshalb, dachte Aigolf, muß Suldrú seine Diener ausschicken. Diese beiden alten Drachen sind zusammen mit den Hagish aus irgendeinem Grund aus einem unbekannten Land hinter dem Ehernen Schwert ausgewandert, vielleicht um den Hagrím zu folgen, haben sich dann um den Schatz gestritten und sich gegenseitig so geschwächt, daß sie nie wieder richtig auf die Beine gekommen sind.

Aber trotz allem war dieser gigantische Drache ein unüberwindlicher Gegner, wenn Aigolf keine Unterstützung bekam.

»Unser Handel gilt noch, nicht wahr?« fragte er den Hortwächter und sah zu ihm hin. Dann, als er den aufmerksamen Blick des Drachen bemerkte,, der auf etwas in seinem Rücken gerichtet war, fuhr er herum und hob das Schwert. Von dem Krieger unbemerkt, hatten sich einige Hagish genähert, die jetzt verharrten und unsicher zu dem Hortwächter hinblickten.

»Schick sie fort!« verlangte Aigolf mit scharfer Stimme. »Erzähl ihnen von unserem Pakt und daß du sie heimführen wirst! Sag ihnen, daß ihre Kameraden, die zu den Hagrím ausgeschickt worden waren, tot sind – ich habe sie alle getötet! Ich will denen da jedoch nichts tun, mich interessiert nur Suldrú. Erinnere dich an unsere Abmachung!«

Der Hortwächter zögerte, dann zischelte er den Hagish etwas zu, woraufhin sie Aigolf anstarrten und sich dann langsam zurückzogen. Offensichtlich wollten sie sich aus dieser Auseinandersetzung heraushalten.

»Du erstaunst mich, Würmchen«, sagte der Hortwächter. »Ist das wahr, was du über die anderen Hagish sagtest?«

»Jedes Wort«, sagte Aigolf grimmig. »Und nun weck Suldrú.«

»Nicht mehr nötig. Schau!«

Einer der drei Köpfe hatte die Augen geöffnet, die irisierend wie Blutkristalle leuchteten; dann öffneten sich nacheinander auch die übrigen vier Augen, ein gelbes und ein saphirblaues Paar. Suldrú hob die drei Köpfe und stieß ein felsenerschütterndes tiefes Grollen aus.

»Wer wagt esss ...«, zischte der erste Kopf, »... mich ...«, fauchte der zweite, »... zu wecken?« brüllte der dritte. Auch der Drachenkönig benutzte die Sprache der Hagrím, was gut zu Aigolfs Vermutungen paßte.

Der breite Schädel des Hortwächters sank zu Boden. »Großmächtiger Gebieter, erlauchte Hoheit, verzeiht, daß ich Euch störe ...«, jammerte er, aufgeregt züngelnd.

Soviel zu unserem Pakt, dachte Aigolf wütend, aber im Grunde hatte er damit gerechnet.

»Ich bringe Euch einen wahrhaftigen Menschenhelden als teures Geschenk und erbitte Eure Gnade«, fuhr der Hortwächter winselnd fort und rieb den langen Hals demütig über den felsigen Boden.

»Siii ... doch ...«

»... du bissst ...«

»... frei!«

»Er befreite mich, damit ich ihn zu Euch führen konnte!«

»Er isst ...«

»... freiwillig ... siii ...«

»... hier?«

Aigolf hatte genug. »Ja!« brüllte er, so laut er konnte. »Ich kämpfe für die Hagrím, die du seit Jahrhunderten unterjochst, du alter schleimiger Wurm, und ich werde sie von dir befreien!« Mit diesen Worten hob er das Schwert und stellte sich so hin, daß er beide Drachen im Auge behalten konnte. »Denk dran«, zischte er dem Hortwächter leise zu, »wenn Suldrú mich tötet, wirst du wieder angekettet. Du wirst deine letzten Jahrzehnte oder sogar Jahrhunderte im Elend verbringen, und elend wirst du verrecken, gedemütigt, gebrochen – und blind. Denn wenn du mir nicht zu Hilfe kommst, werde ich dich blenden, dafür braucht es nicht mehr als einen Wimpernschlag ...«

»Siiii ... Welch ...«

»... ein großer ...«

»Narr!«

Der Drachenkönig richtete sich jetzt zu seiner vollen entsetzlichen Größe auf, seine langen Hälse überragten Aigolf mühelos, sie wölbten sich um ihn herum, und die Köpfe musterten ihn von allen Seiten.

Aigolf wich an die Felswand zurück; er konnte den furchtbaren irisierenden Blick der drei Augenpaare kaum ertragen und glaubte, von innen heraus verbrannt zu werden. Suldrú zischte höhnisch aus allen drei Mäulern und öffnete die gewaltigen ledrigen Schwingen. Er begann mit ihnen zu schlagen, erst langsam, dann immer schneller, ein Brausen, ein gräßlicher Sturm kam auf, der Aigolf fest an den Fels preßte.

Als der blauäugige Kopf auf den Krieger herabfuhr, zögerte dieser nicht lange, sondern stieß den *Feuerdorn* nach oben, mit aller Kraft in das schuppige Kinn der langen Schnauze hinein. Suldrú riß den Kopf zurück, in dem noch immer das mächtige Schwert steckte, das hell erglühte und sich, wohl aus eigenen Kräften, immer tiefer in den Rachen brannte. Der verletzte Kopf schrie und fauchte vor Schmerz und versuchte das Schwert abzuschütteln, aber der *Feuerdorn* saß fest und fraß sich immer weiter ins Fleisch.

Aigolf achtete nicht auf den verletzten Kopf, denn schon fuhr der nächste herab, und er nahm einen kurzen Anlauf, sprang, so hoch er konnte, und klammerte sich an den seitlich abstehenden langen Schuppen fest.

»Elender ...«

»... Wurm!«

Der rotäugige Kopf schüttelte sich heftig, aber Aigolf hatte sich bereits an den Schuppen hochgehangelt und saß schließlich zwischen dem ersten und dem zweiten

Hörnerpaar im Nacken des Ungeheuers. Da er schon mehrmals wilde Pferde zugeritten hatte, konnte er sich mit Mühe obenhalten. Er wußte genau, daß er gegen Suldrú niemals bestehen konnte, wenn er ihm nicht dicht verhaftet blieb und ihm auf diese Weise schmerzhafte Hiebe versetzte.

Der dritte Kopf zischte dicht über ihn hinweg, und er duckte sich schnell zwischen die Hörner.

Suldrú geriet außer sich vor Zorn; der blauäugige Kopf sank schon schwach, blind vor Schmerz, herab zu Boden, und der so winzigkleine Gegner hockte fest und geschützt in seinem Nacken.

Aigolf zog den *Drachenzahn* und hieb ihn dem Gegner mit aller Kraft in den Schädel. Suldrú brüllte auf, daß die Felsen erbebten und Aigolf für einen Augenblick völlig taub war. Die Schwingen schlugen heftig und brausend, der Drache schüttelte den Kopf, mit rasender Geschwindigkeit näherte er sich der Felswand, um den Nacken dagegenzuschlagen und den Krieger wie ein lästiges Insekt zu zerquetschen.

Aigolf klammerte sich an den Griff des *Drachenzahns* und rutschte vom Hals hinunter, unmittelbar bevor der Drache mit aller Wucht den Kopf gegen die Felswand schlug. Durch diese Erschütterung und Aigolfs Gewicht riß das Schwert eine tiefe klaffende Wunde, bevor es sich aus dem Drachenfleisch löste und, noch immer in Aigolfs Händen, zu Boden fiel. Ein Schwall stinkenden dunklen Blutes schoß herab und ergoß sich über den Bornländer, während er auf einen Felsen prallte, den Halt verlor und weiter hinabrutschte.

Aigolf schrie vor Schmerz, als das Blut über ihn floß und sich zischend durch seine Kleidung fraß, und im nächsten Moment fühlte er, wie seine Haut seltsam taub wurde, gefühllos wie Horn. Er spürte kaum, daß er auf dem Weg nach unten mehrmals aufschlug, bis er endlich liegenblieb, das Schwert in der Hand. Keuchend stemmte er sich auf, Beine und Arme zitterten vor Anstrengung, und er wischte sich das Blut vom Gesicht, um nach Suldrú zu sehen.

Der Drachenkönig hatte sich von ihm abgewandt. Zwei der Köpfe trugen Wunden, die nicht lebensgefährlich waren, aber höllisch schmerzen mußten. Es war dem Krieger immer noch nicht gelungen, den *Feuerdorn* herauszuziehen; der Kopf, in dem das Schwert steckte, stieß gelben Dampf aus, aus den Nüstern rann blutiger Schleim. Der rotäugige Kopf indes wand sich wie eine Schlange, das Blut strömte über Kopf und Hals. Der dritte Kopf jedoch war noch unverletzt, und er wandte sich jetzt nach Aigolf um. Seine warzenbedeckte lange Schnauze öffnete sich und zeigte beeindruckende Reißzähne in einem feurig glühenden Rachen. Der Krieger konnte sich gerade noch hinter einen großen Felsen retten, bevor der Feuerstoß ihn traf.

Ich schaffe es nicht, dachte er verzweifelt. Ich kann ihn nur verletzen, aber niemals töten. Dazu brauche ich Magie – oder andere Waffen.

Dank seiner magischen Schwerter war es ihm gelungen, bis jetzt gegen diesen Giganten zu bestehen, gegen ein dreiköpfiges Ungeheuer, daß so stark war wie drei gemeine Drachen. Nun mußte er Mut beweisen, mußte Rondras Beistand erflehen... Aigolf stemmte sich keuchend hoch und machte sich daran, die Felswand erneut zu erklettern. Er mußte versuchen, auf den unverletzten Kopf zu springen und ihm eine schmerzhafte Wunde beizubringen; nur so bekam er die Gelegenheit, dem Drachenkönig nach und nach Schaden zuzufügen.

Doch als er sich umwandte, sah er plötzlich einen riesigen dunklen Schatten, der über ihn hinwegschoß. Mit gewaltigem Getöse und inmitten wirbelnder Staubwolken prallte der Hortwächter auf den Drachenkönig und riß ihn um. Es bebte der Fels, als die beiden riesigen schweren Leiber auf den Boden prallten. Aigolf versuchte seine Ohren zu schützen, als die beiden Drachen sich brüllend und kreischend ineinander verbissen. Er rannte weiter den Berg hinauf, bis zum Grat, und suchte Deckung hinter einem Felsen, von wo aus er den Kampf recht gut beobachten konnte.

Der Hortwächter hatte die Überraschung auf seiner Seite gehabt und war nicht gewillt, diesen Vorteil so schnell aufzugeben. Er verbiß sich in seinen Peiniger, umschlang ihn mit seinem Schwanz und hinderte ihn, sich zu erheben und seinen ehemaligen Gefangenen niederzuwerfen.

Aigolf erkannte keine Einzelheiten, es war alles ein einziges wirres Durcheinander von Staub, blinkenden Schuppen, wild um sich schlagenden Beinen, blitzenden Zähnen und roten Schlünden, aus denen Feuer und Rauch zischten. Die mächtigen Lederschwingen peitschten die Luft, die Drachen schrien, drehten und wanden sich, mit ihren langen Hälsen und Schwänzen fest ineinander verschlungen. Sie rissen sich klaffende Wunden und schlitzten sich die Bäuche auf.

Bald war alles nur noch Lärm und Staub, ein Wirbel farbiger Schuppen und blutiger Massen. Dann gelang es dem Hortwächter, mit den Krallen seiner Vorderbeine eine Lederschwinge seines Gegners zu packen und so lange daran zu zerren, bis sie mit einem trockenen Knacken abbrach.

Das brachte Suldrú in blindwütige Raserei. Mit einem letzten gewaltigen Aufbäumen schleuderte er den Hortwächter von sich und sprang ihn an, um ihn zu zerschmettern. Aber der Hortwächter, kleiner als sein Gegner und sichtlich behender, wich ihm aus, warf sich herum und stieß mit weit geöffnetem Rachen vor, unmittelbar zwischen das vorderste Beinpaar seines Widersachers.

Der Drachenkönig taumelte zurück. Während sein Schwanz wild den Boden peitschte und Felsbrocken zerschmetterte, sackten seine Vorderbeine ein, die Köpfe sanken langsam herab. Der Rest des Körpers gab noch nicht auf: Die unversehrte Schwinge schlug, um das

Gleichgewicht zu halten, und der massige Leib drehte sich, um den Hortwächter mit den mörderischen Krallen der Hinterbeine zu packen und zu zerfetzen. Suldrú stieß ein furchtbares Geheul aus, als der Kopf des Hortwächtern erneut vorschoß, sich ein zweites Mal in die Wunde bohrte, tief in die Brust seines Gegners hinein.

Ein heftiger Ruck ging durch den Drachenkönig, als der Hortwächter an dem zerrte, was er zwischen den Zähnen hielt, und schließlich den Kopf hochriß, mit einem triumphierenden Schrei und einer stinkenden, zuckenden und blutigen Masse zwischen den Fangzähnen.

Der Drachenkönig erstarrte.

Dann gaben seine Beine nach, und er sank mit gewaltigem Getöse um, die Köpfe schlugen krachend zu Boden. Ein letztes Mal zuckte die Schwanzspitze, die Lederschwinge bauschte sich noch einmal kraftvoll auf, bevor sie umknickte, erschlaffte, sich über Suldrú legte, den blutigen Leib bedeckte.

Aigolf sah, wie das grausame Glühen in den Augen nach und nach erlosch, eine letzte Dampfwolke den geblähten Nüstern entwich.

Der Hortwächter stand einige Schritt abseits und verschlang schmatzend das Herz des Drachenkönigs, das er ihm aus dem Leib gerissen hatte. Währenddessen hastete Aigolf den Hang wieder hinunter, um den *Feuerdorn* zu holen. Aus den Augenwinkeln sah er oben am Grat die Hagish von allen Seiten herankommen. Er rannte dicht an dem toten Drachenkönig vorbei, der dalag, als könne er jeden Augenblick aus seinem Schlummer erwachen, und atmete erst auf, als er das mächtige blutbesudelte Schwert aus dem Kopf gezogen hatte.

»Schmeckt's?« rief er dem Hortwächter zu, der grunzend den letzten Rest hinunterschluckte und die Augen auf Aigolf richtete.

»Das hat er verdient«, antwortete dieser und leckte sich züngelnd die Schnauze.

Aigolf nickte dem Kadaver des Drachenkönigs zu. »Was hat dich zum Eingreifen bewogen?« Der Hortwächter schüttelte den Kopf, Blut spritzte bis zu den Felsen hinauf. Dann wagte er einen vorsichtigen Schritt; seine linke Seite war in ganzer Länge aufgerissen und das rechte Vorderbein bis zum Knochen aufgeschlitzt.

»Töricht«, fauchte er. »Das war ziemlich töricht, Würmchen. Schau mich an: Abgesehen davon, daß ich das Herz noch in mir trage, bin ich nicht besser dran als er. Aber ich habe darüber nachgedacht, was du zuletzt zu mir gesagt hast, und als ich dich Winzling mit solcher Tollkühnheit angreifen sah, habe ich mich entschieden, den Pakt einzuhalten. Erstens hätte es mir den Appetit verschlagen, wenn du lächerliche Laus einen Drachen getötet hättest, der mich einmal besiegt hat; und zweitens verspürte ich wirklich kein Verlangen, wieder an die Kette gelegt zu werden, solltest du scheitern. Da ich also in jedem Fall kämpfen mußte – warum nicht gleich?«

Der Krieger grinste und hob den *Feuerdorn*. »Damit hast du deinen Teil des Pakts erfüllt, und ich erfülle jetzt den meinen. Nimm den Schatz und verschwinde mit den Hagish von hier, alter Drache. Dann hast du noch ein paar schöne Tage – sogar mit unversehrten Augen – vor dir.«

Der Drache zögerte, dann lachte er dröhnend. »In der Tat, jetzt möchte ich mich nicht mit dir anlegen, und meine Rache habe ich gehabt. Du bist ein tapferes Kerlchen, Kleiner, und hast es verdient, noch weiter den Helden zu spielen. Aber du solltest es nicht übertreiben – denk an Suldrú, denn auch du hast den Mittag deines Lebens bereits überschritten.«

Der Hortwächter hob den Kopf und zischelte den Hagish etwas zu, die daraufhin herunterkamen und eilig das am Boden verstreute Geschmeide zusammenrafften. Sie ließen nur das zurück, worauf der tote Drachenkönig ruhte. Die Hagish verschwendeten keinen Blick an Aigolf; nachdem sie keine Schätze mehr fanden, holten sie viele starke Seile, um dem alten Drachen aus dem Hort herauszuhelfen. Danach, das wußte Aigolf, würden sie den riesigen Schatz aus der ersten Höhle bergen und verschwinden. Die Hagrím hatten von diesen Wesen nichts mehr zu befürchten.

Aigolf war sicher, daß die Hagish zusammen mit dem Hortwächter in die Länder des Ostens zurückkehren würden, in ihre eigentliche Heimat. Nach Aventurien zu wandern, würde ihnen kaum in den Sinn kommen, dafür war der Drache zu alt, und sie wußten nicht, was sie dort erwarten würde. Hierzubleiben hatte wenig Sinn: Die Hagrím waren keine leichte Beute mehr, da sie sich womöglich, Aigolfs Vorbild folgend, bewaffnen würden und da vor allem das Geheimnis um Suldrú, ihren Gott, gelüftet war.

Während die Hagish sich um den Hortwächter kümmerten, wandte sich Aigolf noch einmal dem Drachenkönig zu. Sein Werk war getan, aber er fühlte sich zu müde, um sich über den Sieg und seine Unversehrtheit zu freuen. Und etwas war noch zu tun, bevor er zu den Hagrím zurückkehrte.

Langsam hob er den *Feuerdorn* und schlug zu.

12. Kapitel

Ein neuer Plan

Ich glaube, ich muß sterben. Aber es ist noch nicht an der Zeit. Ich möchte mein Kind sehen, um ihm zu sagen, daß es eine große Schamanin werden wird, ohne daß es jemals wieder Menschenopfer gibt. Ich muß leben, weiterleben. Solange ich den Schmerz fühle, bin ich am Leben. Ich nehme den Schmerz in mir auf und werde ihn aushalten, wenn er mich nur zurückbringt.«

Schanfar fuhr schweißgebadet hoch, das Herz schlug ihr bis zum Hals. »Aigolf?« flüsterte sie in die Dunkelheit hinein.

Lange lauschte sie vergeblich. Dann legte sie eine Hand auf ihren gewölbten Leib und lauschte in sich hinein. Das Kind schlief. Es war in den letzten Wochen erheblich gewachsen, und es wurde für die Schamanin immer mühseliger, ihre gewohnte Arbeit zu verrichten. Aber das machte ihr nichts aus, sie fühlte sich gesund und kräftig. Sie hatte einen ersten vorsichtigen Kontakt zu dem neuen Leben gesucht und einen Schwall an Gefühlen empfangen, wenn auch noch verwirrt und schüchtern.

»Alles wird gut.« Sie stand auf – wie oft nach einem solchen Traum war sie hellwach –, zog sich an und verließ die Hütte.

Auf dem Beobachtungsposten über den ersten Feldern sah sie ihren Bruder Farang sitzen. Sie stieg zu ihm hinauf. Seine Augen glitzerten im Schein der Sterne, als er ihr den Kopf zuwandte. Wortlos öffnete er die Arme, und sie kauerte sich an seine Seite und schmiegte sich an ihn.

»Wieder ein Traum, ja?« fragte er sanft. Auch er schlief in diesen Tagen schlecht, und sie trafen sich manchmal hier auf dem Felsen, um sich einander zu spüren und miteinander zu reden, wie sie es als Kinder getan hatten.

Schanfar nickte. »Obwohl jeder neue Traum mir sagt, daß er noch lebt, mache ich mir doch große Sorgen, Farang. Er ist sehr krank und schwach, und er trägt eine große Last mit sich, die seine Kräfte fast übersteigt. Manchmal scheint sein Körper aufgeben zu wollen, aber er – er denkt an sein Kind, und das treibt ihn weiter.«

Farang legte eine Hand auf den Bauch seiner Schwester. »Ich weiß noch, wie verwirrt er war, als er davon erfuhr. Ich denke, er hat es noch niemals so bewußt miterlebt, Vater zu werden, und es bedeutet ihm sehr viel, weil du ihm sehr viel bedeutest.«

»Natürlich«, sagte sie leise. »Natürlich.«

»Sollen wir etwas unternehmen?« fragte er ernst. »Ich könnte ihm entgegengehen.«

»Welch ein Unsinn, Farang!« widersprach die Schamanin heftig. »Du kennst doch den Weg gar nicht. Den könnte nur ich dir zeigen, und ich darf das Dorf unmöglich verlassen – schon gar nicht mit diesem dicken Bauch. Hör auf, dir Vorwürfe zu machen! Wenn er dich hätte dabeihaben wollen, hätte er dich darum gebeten.«

»Er weiß doch gar nicht mehr, wann es besser ist, nicht allein zu gehen!« entgegnete ihr Bruder nicht minder heftig.

»Trotzdem mußte er es allein tun, Farang.«

Er nickte. »Ja. Ich weiß ja. Aber ich könnte es mir nicht verzeihen, wenn ihm etwas zustieße.«

Sie strich ihm sanft durch die dunklen Haare. »Aus welchem Grund bedeutet er dir soviel?«

»Durch das, was er ist. Was ich mit ihm erlebte. Alles veränderte sich für mich.«

»Genau deswegen wollte er allein gehen. Zuviel darf

sich nicht verändern. Ich hätte dir ohnehin verbieten müssen, ihn zu begleiten.«

Er seufzte und legte den Arm fester um sie. Sie lehnte den Kopf an seine Schulter und sah schweigend in die Nacht hinaus.

Die Tage vergingen in quälender Langsamkeit, ohne daß sich etwas ereignete. Die Hagrím fürchteten inzwischen keinen erneuten Überfall der Hagish mehr und verrichteten ihre Arbeit wie sonst auch – und dennoch war etwas anders als früher: Immer wieder unterbrach der eine oder andere sein Tun und blickte verstohlen nach Osten, dorthin, wo Aigolf Thuransson zuletzt gesehen worden war. Niemand sprach darüber, aber alle machten sich Gedanken darüber, was der Bornländer erlebt haben mochte – und ob er zurückkehren würde.

Nur bei den Versammlungen in der Hütte der Ältesten wurde dieses Thema bisweilen gestreift, und Schanfar nutzte die Gelegenheit, um die Drachenkinder zu beruhigen und ihnen von ihren Träumen zu erzählen – ohne jedoch ihre Ängste zu erwähnen, die sie jedesmal um die Nachtruhe brachten.

Die Hagrím glaubten ihr, weil sie die Schamanin war. Aber das verscheuchte noch lange nicht ihre Gedanken und Sorgen; solange Aigolf nicht zurückkehrte, konnten sie nicht vollends beruhigt sein. Schanfar ließ sich nichts anmerken, sie widmete sich ihrer Arbeit, aber sie lehnte es ab, Feste zu feiern. Der Brauch schrieb für diese Zeit des Jahres keine Rituale vor, und sie zog sich nach Einbruch der Dunkelheit stets allein in ihre Hütte zurück.

Und dann, eines sommerlichen Vormittags, geschah das Langersehnte: Ein junges Mädchen, das einen Korb Getreide auf dem Kopf balancierte, erblickte auf dem östlichen Berggrat die große dunkle Silhouette eines Menschen, ließ den Korb fallen und stieß einen Schrei aus. Die anderen folgten mit den Augen ihrem ausgestreckten Zeigefinger, begannen aufgeregt zu rufen und machten sich auf den Weg ins Dorf.

Schanfar hatte das Dorf schon fast verlassen, nachdem sie den Schrei des Mädchens vernommen und richtig gedeutet hatte, und Farang hielt zusammen mit den Ältesten die Leute zurück, die dem Krieger in Scharen entgegenlaufen wollten.

Es dauerte noch eine gute Zeit, bis Aigolf schließlich den Pfad herabgekommen war und den Weg zum Dorf einschlug. Schanfar erwartete ihn, ohne sich zu rühren, und sie erschrak zutiefst. Sie erkannte ihn kaum mehr wieder – seine Haut war bleich wie Wachs, die langen roten Haare und der Bart wirkten wild und struppig. Er war völlig abgemagert, die Kleidung hing in Fetzen an ihm, und er zerrte ein riesiges unförmiges Bündel hinter sich her.

Aber als sie ihm in die Augen sah, vergaß sie ihren Schrecken, denn die waren gleich geblieben: Sie funkelten in tiefem Grün, vielleicht ein wenig erschöpft, aber doch zufrieden, wieder zurück zu sein.

Sie blieb weiterhin regungslos stehen, während er langsam auf sie zukam, ihren gewölbten Leib betrachtete und dann lächelte. Sie rührte sich auch nicht, als er vor ihr stehenblieb, das Bündel fallen ließ und sie eine Weile stumm ansah. Die Tränen flossen erst über ihre Wangen, als er sie fest in die Arme schloß.

»Komm, wir dürfen die anderen nicht warten lassen«, sagte Aigolf schließlich, löste sich von Schanfar und strich flüchtig mit rauhen Lippen über ihre Stirn.

»Was schleppst du denn da mit?« fragte sie verwundert und deutete auf das große Bündel, das er wieder ergriff und mühsam weiterzog.

»Das wirst du gleich erfahren«, antwortete er. Er zerrte die Last weiter bis zum Dorfplatz, wo die Leute ihn umringten, ihn ehrfürchtig betrachteten und kein Wort zu sagen wagten.

Dann ging ein entsetzter Aufschrei durch die Reihen, und die Leute wichen schaudernd zurück, als er das Bündel öffnete und das schuppenbedeckte blutige Haupt des Drachenkönigs zeigte. Ein Auge war offen, es sah aus wie ein blauer Kristall, und die gespaltene Pupille blickte starr zum Himmel.

»Ist – ist das Suldrú?« flüsterte schließlich ein Kind, das neben Aigolf stand, voller Furcht.

»Nein«, antwortete der Krieger laut und sprach gelassen eine Lüge aus, die er sich unterwegs überlegt hatte. »Nein, das ist nicht Suldrú. Aber sein Wächter. Er war es, der euch soviel Leid zufügte. Suldrú war die ganze Zeit über ein Gefangener.« Er deutete auf das Drachenhaupt. »Ich habe euch diesen Schädel als Beweis mitgebracht, daß es nie wieder Menschenopfer geben wird. Die Hagish werden nie mehr kommen und euch eure Kinder und eure hart erarbeiteten Nahrungsmittel rauben. Das wollte ich euch zeigen. Und ich werde euch alles erzählen, aber ich bitte euch – nicht jetzt! Ich bin zu Tode erschöpft und möchte ausruhen.«

»Ja... ja... natürlich«, erwiderten mehrere Hagrím gleichzeitig und traten zur Seite. Schanfar begleitete Aigolf in ihre Hütte und verschloß sie sorgfältig hinter sich. Die Drachenkinder blieben draußen und betrachteten mit schaudernder Ehrfurcht die Überreste ihres Peinigers.

»Du siehst gut aus«, sagte Aigolf leise, als Schanfar sich ihm zuwandte.

»Ich wünschte, ich könnte dasselbe von dir sagen«, erwiderte Schanfar, dann brach sie erneut in Tränen aus. »O Aigolf, was ist mit dir geschehen?«

Er zog voller Mühe das Hemd aus und betrachtete seine wachsbleiche, sich auch wie Wachs anfühlende Haut. «Du wirst es nicht glauben, aber nur damit habe ich es überhaupt geschafft, den Lavastrom noch einmal zu überqueren, sonst wäre ich verbrannt. Es ist Drachenblut, und ich glaube, ich bin schon ganz damit vergiftet.« Das waren seine letzten Worte, bevor er zusammenbrach.

In den nächsten Wochen, während Schanfar den Krieger gesundpflegte, entstand eine neue Legende bei den Hagrím. Obwohl sie die Geschichte nicht einmal kannten, malten sie sich eine Menge aus und versuchten sich vorzustellen, was Aigolf erlebt haben mochte. Noch nie war ein Mensch aus dem Osten zurückgekehrt, und sie waren sicher, daß das Erzählen seiner Geschichte viele Abende ausfüllen und den Stoff für neue Lieder bilden würde, für Legenden, die man sich an langen Winterabenden erzählen konnte. Sie hofften dringlichst darauf, daß Aigolf endlich wieder zu sich käme, aber das sollte noch lange dauern.

Aigolf konnte sich an die Zeit seiner Heilung nicht erinnern. Er erwachte und war gesund – ohne Schmerzen, ohne Qual. »Schanfar…«, murmelte er verblüfft.

Das Gefäß, das die Schamanin gerade in der Hand hielt, landete krachend auf dem Boden, und sie war mit einem Schritt bei dem Krankenlager. »Aigolf, mein Krieger«, flüsterte sie, ergriff seine Hände und streichelte sie. »Du bist zurück…«

»Was ist geschehen?« fragte er. »Wieviel Zeit ist vergangen?«

»Wochen«, antwortete sie. »Du warst auf den Tod krank, Geliebter, aber du hast um dein Leben gekämpft, so daß ich dir helfen konnte. Es war ein Wunder, daß du es bis hierher geschafft hast…« Sie verbarg das Gesicht, weil ihr die Tränen kamen, und Aigolf legte vorsichtig einen Arm um sie. »Es ist wirklich ein Wunder«, murmelte er. »Und ich danke allen Göttern, daß ich zu dir zurückgekommen bin. Und nun… bin ich gesund. Ich erwachte wie aus tiefem Schlaf.«

»Du warst in der ganzen Zeit nicht bei dir, aber das beschleunigte den Heilungsprozeß. Versuch, dich aufzusetzen!«

Er brauchte Schanfars Hilfe dazu, denn er war sehr schwach, die Muskeln waren völlig erschlafft. »Jetzt muß ich zum zweiten Mal von vorn anfangen«, bemerkte er mit einem schiefen Lächeln.

»Und du wirst es ein zweites Mal schaffen«, lächelte sie zurück. Vorsichtig tastete er über seine Haut, die sich weich und geschmeidig anfühlte und außerdem sonnengebräunt aussah.

»Wann immer es möglich war, brachten wir dich auf den Felsen, den du so gern mochtest, und legten dich in die Sonne«, antwortete Schanfar auf seinen fragenden Blick. »Du wußtest, daß du in Sicherheit warst, und hast dich entspannt und meine Heilung wirken lassen. Wir haben deinen Körper behandelt, als wärest du wach, und deshalb fühlst du dich jetzt so gut. Ich glaube, daß kein Gift mehr in dir ist, wir haben dich durch und durch gereinigt.«

Er sah sie an, dann lachte er, befreit und glücklich.

Dieses vertraute tiefe Lachen wurde draußen deutlich vernommen, und gleich darauf war die Hütte voller Menschen, die sich aufgeregt um Aigolfs Lager drängten und endlich seine Geschichte zu hören wünschten.

An diesem Abend wurde zum ersten Mal seit langer Zeit ein Freudenfeuer errichtet, viel Essen zusammengetragen und der inzwischen gesäuberte und getrocknete Drachenschädel deutlich sichtbar auf einer eigens angefertigten Steinsäule aufgehängt.

Aigolf mußte seine Geschichte halb im Liegen vortragen, aber seine Stimme war kräftig genug, und alle Erinnerungen kehrten zurück, so daß einer langen andächtigen Nacht nichts im Wege stand.

Er berichtete alles ausführlich und alles wahrheitsgetreu vom Beginn der Reise an, bis zu dem Punkt, als er den Vulkan erreicht hatte. Er hatte auf dem Rückweg trotz seiner Erschöpfung und der Schmerzen genug Zeit zum Nachdenken gehabt, ob er den Hagrím die Wahrheit sagen sollte, und er hatte sich dagegen entschieden.

Er konnte und durfte ihnen den Glauben nicht nehmen; ihre ganze Lebensweise, alles würde sich ändern, wenn ihr ›Gott‹ tot wäre. Deshalb veränderte er den Schluß der Geschichte zu einer Lüge, indem er berichtete, daß der dreiköpfige Drache sich als Suldrú ausgegeben und den friedvollen und gütigen ›Gott‹ der Hagrím auf böse Weise überwältigt habe, um an die Macht zu kommen. Suldrú, erklärte er weiter, bedeute nicht der Grausame, sondern der Drachenvater. Nach der Befreiung habe er sich Aigolf zu erkennen gegeben und ihm aufgetragen, die Wahrheit an die Hagrím weiterzugeben und ihnen mitzuteilen, daß der ›Gott‹ sich wieder an seinen angestammten Platz zurückziehen wolle, um von dort aus die Geschicke der Menschen im Ehernen Schwert zu überwachen.

Er log, damit die Hagrím ihren von Friedfertigkeit bestimmten Glauben nicht verloren, damit sie daran glauben konnten, daß irgendwo ihr eigener ›Gott‹, der sie einst hierhergeführt hatte, über sie wachte und mit ihnen lebte. Damit verleugnete Aigolf zugleich seinen eigenen Glauben, aber das war nicht so wichtig. Wichtig war nur, daß sich im Leben der Hagrím nichts änderte, und sei es auch nur aufgrund einer Lüge. Es war nicht seine Aufgabe, den wahren Glauben zu verbreiten, nicht hier, fernab von Aventurien.

»Und ich sah die Berge im Osten in der ehemaligen Heimat der Hagrím, so hoch wie der Himmel, mit eisverkrusteten weißglitzernden Spitzen, auf denen die Geister wohnten, und Suldrú weilte unter ihnen«, sagte er halb, halb sang er den Hagrím die Legende vor. »Es war so, wie ihr es mir berichtet habt: Da waren Geister der Winde, des Schnees und der Sonne, da waren Beschützer der Vögel, der Schlangen und Echsen, Wächter der Pflanzen und Heilkräuter und was es alles sonst noch gibt. Und da war Suldrú, der Gott der Hagrím, wieder erstarkt und frei, der ein Lied sang für sein freies Volk.«

Zuletzt sang Aigolf ein Lied auf den grausamen Drachen, den dreiköpfigen Tyrannen, wie er gekämpft und wie er ihn besiegt hatte. Weder die Hagish noch den Hortwächter erwähnte er mit einem Wort, schmückte dafür alles andere üppig aus.

Bis zum Anbruch der Dämmerung harrten die Leute aus, bis Aigolf seine lange Erzählung endlich beendet hatte und in Schanfars Hütte zurückgetragen wurde. Die Ältesten beschlossen, daß der anbrechende Tag zum Feiertag erkoren wurde, an dem die Arbeit bis zum nächsten Morgen ruhen sollte, bevor sie sich herzhaft gähnend zurückzogen.

Aigolf streckte sich müde auf dem Fellager aus. »Ich bin ganz heiser«, krächzte er.

Schanfar half ihm beim Ausziehen, dann zögerte sie. »Stört es dich, wenn ich mich zu dir lege?«

»Ich kann es gar nicht erwarten, dich endlich zu sehen«, sagte er sanft und half ihr nun seinerseits beim Entkleiden. »Und zu spüren«, fügte er leise hinzu und schloß sie in die Arme. »Du bist so schön«, flüsterte er dann an ihrem Ohr und streichelte sie behutsam. »Wann ist es soweit?«

»Nicht mehr lange«, antwortete sie unbestimmt. »Aigolf, du hast heute abend die Hagrím sehr glücklich gemacht. Du hast eine wunderbare Geschichte erzählt – ich bin jetzt noch ganz gefangen davon.«

»Ich hoffe nur, daß das bei den Kindern keine Abenteuerlust erweckt«, sagte er besorgt.

»Das glaube ich nicht. Sie werden davon träumen und spielen, aber du hast diese Geschichte beendet. Es gibt keinen Grund mehr, alle diese Strapazen noch einmal auf sich zu nehmen. Hmm ... Aigolf ...«

»Was denn?«

»Wirst du mir einmal die Wahrheit erzählen?«

Er wandte den Kopf zu ihr und sah ihr lange in die Augen. »Wäre das so wichtig?« erwiderte er dann. Er konnte nichts vor ihr verbergen. Sie war die Schamanin.

»Ich weiß es noch nicht. Laß mich darüber nachdenken. Aber wenn ich dich darum bitte – wirst du es tun?«

Er lächelte. »Ja, Schanfar. Aber überleg es dir gut. Manchmal ist es besser, die Wahrheit nicht zu kennen.«

Sie beugte sich zu ihm und berührte seinen Mund mit den Lippen. »Wie fühlst du dich?«

»Großartig«, flüsterte er. »Ich halte dich wieder in den Armen. Allerdings bin ich jetzt ziemlich müde ...«

Sie lachte leise. »Ich auch, Geliebter. Abgesehen davon ist mein dicker Bauch bei gewissen anderen Dingen sehr hinderlich, obwohl ich mich auch danach sehne. Aber das muß noch warten.«

In den nächsten Wochen mußte Aigolf seinen Körper wieder in Schwung bringen, genauso wie beim ersten Mal, als er an die Küste geschwemmt worden war.

Die Hagrím nahmen ihr gewohntes Leben wieder auf, dennoch mußte der rothaarige Bornländer sein Abenteuer noch viele Male zum besten geben.

Die Lüge wurde dadurch zur Wahrheit, bis er selbst schon fast daran glaubte. Schanfar stellte ihm jedoch niemals die Frage nach der Wahrheit; sie bemerkte nur einmal kurz, daß es tatsächlich besser sei, manche Wahrheiten ruhen zu lassen, dafür müsse sie ihre persönliche Neugier zurückstellen.

Sie hatte ebenso wie Aigolf begriffen, daß er das Richtige getan hatte; trotz der Legende, die sie beschäftigte, veränderten sich die Drachenkinder in ihrem Wesen oder ihrem Verhalten nicht. Vielmehr – nunmehr befreit von den Hagish – wurden sie gelöst, geradezu heiter, sangen häufig Lieder und wußten, wofür sie arbeiteten.

Durch die nunmehr schon gewohnte Aufbauarbeit kam Aigolf sehr schnell wieder zu Kräften. Und er wußte, je mehr er zu Kräften kam, desto eher würde der Abschied nahen. Er war dadurch innerlich gespalten, denn einerseits fühlte er sich hier wohl und zu Hause, andererseits drängte es ihn schon wieder fort, hinaus in die Welt, um

Abenteuer zu finden. Ich bin ein eigenartiger Eigenbrötler, dachte er voller Selbstironie. Ewig unruhig, rastlos und nie zufrieden an einem Platz – nur für kurze Zeit.

Durch seine Körperübungen und Schanfars Aufgabe als Schamanin konnten sie nur wenig Zeit miteinander verbringen, mehr als dicht aneinandergeschmiegt verbrachte Nächte tiefen Schlafs gab es nicht. Daher fiel es Aigolf zunächst nicht weiter auf, als Schanfar eines Tages verschwand; erst als er abends in die Hütte zurückkehrte, bemerkte er, daß sie nicht da war. Er wartete bis spät in die Nacht hinein, als er ein Geräusch vor der Hütte hörte, und er sprang mit gezücktem Schwert auf.

»Das brauchst du nicht«, erklang eine leise, warme Stimme, die ihm vertraut war. Diesen Satz hatte er schon einmal gehört, damals in der ersten gemeinsam verbrachten Nacht. »Hast du nicht selbst gesagt, daß wir uns vor nichts mehr fürchten müssen?«

»Das ist wahr, aber der Krieger in mir ruht nie«, antwortete er. Dann stockte er.

Schanfar war nicht allein, in die Armen hielt sie ein kleines Bündel. »Es ging ganz plötzlich«, sagte sie fast ein wenig schüchtern. »Nun – erfahren bin ich auch nicht, was das betrifft. Dennoch ging es ziemlich schnell …« Sie hielt das Bündel Aigolf entgegen. »Sie ist wie du – stark und ungeduldig. Und sie hat deine Augen.«

Aigolf nahm das Bündel in seine Arme, schob die Tücher beiseite und schaute auf ein winziges Kind, das ihn mit grünen Augen verschlafen anblinzelte, gähnte und sich dann zufrieden in seine Armbeuge kuschelte. Er schmiegte das kleine Mädchen an sich, und seine Augen wurden feucht. »Sie ist wunderschön«, flüsterte er.

Schanfar lächelte, ein wenig müde und ein wenig stolz. »Du bist nicht so hart, wie du immer tust«, stellte sie heiter fest.

»Kriegsgeschäft ist eine Sache, Familie eine andere«, er widerte er ausweichend. Er küßte seine Tochter und schmiegte ihr Köpfchen in seine Halsbeuge. Sie war so zufrieden, daß sie sich alles gefallen ließ. »Welch bezauberndes Geschöpf«, fügte er stolz hinzu.

»Ich will dir die Wahl des Namens lassen«, sagte Schanfar.

Er sah sie an, seine Augen schimmerten fast goldfarben. »Ich möchte sie gern Delora nennen.«

»So soll ihr Name Delora lauten, und Delora soll sie sein«, sagte Schanfar lächelnd. »Ich wußte es übrigens und habe sie schon darauf vorbereitet.«

Er lachte leise, gab ihr das Kind und legte seine Arme um sie. »Hexe, du«, flüsterte er und küßte sie.

Im Herbst wußte Aigolf, daß es für ihn Zeit war zu gehen, bevor die Nachtfröste und der Winter hereinbrachen.

Schanfar selbst deutete es vorsichtig an. »Ich weiß, wie unruhig du bereits bist, und deine Tochter sollte keine Erinnerung an dich haben, wenn du schon gehen mußt.«

Er sah sie an. »Meinst du, ich sollte darüber nachdenken, hierzubleiben?«

»Hast du diesen Gedanken in Erwägung gezogen?« fragte sie ernst.

Er nickte.

»Dann wird es um so eher Zeit für dich zu gehen«, sagte sie und berührte zärtlich seine Wange. »Es warten noch Aufgaben auf dich, und zum einfachen und bescheidenen Leben der Hagrím bist du nicht bestimmt. Du würdest dich langweilen, so ganz ohne Herausforderung. Und du weißt, daß du Delora nicht erziehen darfst. Du darfst ihr nicht einmal erzählen, daß du ihr Vater bist, bis sie von mir geweiht wird. So war es bei mir, und so wird es bei Delora auch sein.«

»Ich weiß«, murmelte er. »Aber es ist ein schöner Traum, und für eine kurze Zeit wollte ich ihn festhalten.«

»Du darfst nicht vergessen, daß in deinen Träumen auch noch die wahre Delora auf dich wartet«, fügte Schanfar hinzu und ließ Aigolf damit allein.

Diese Worte hallten noch sehr lange in ihm nach und

ließen eine andere Überlegung in ihm reifen, für die er sich die nächsten drei Tage Zeit ließ.

Schanfar wußte es natürlich wieder als erste, daß der Aufbruch bevorstand, denn in dieser Nacht überfiel sie Aigolf mit Zärtlichkeiten, die ihm bis zum Morgen keine Ruhe brachten. »Damit ich eine lebendige Erinnerung an dich habe«, flüsterte sie zwischen Küssen.

»Abgesehen von Delora«, schmunzelte er.

»Abgesehen von Delora«, echote sie fröhlich. »O Aigolf, ich vermisse dich jetzt schon, mein Geliebter. Wir werden uns nie mehr wiedersehen, nicht wahr?«

»Nein, Schanfar.«

Darauf sagte sie nichts mehr, und den Rest der Nacht verbrachten sie schweigend.

Am Morgen begann Aigolf zu packen und sich für die Abreise zu rüsten. Das blieb natürlich nicht unbemerkt, und nach und nach lief das ganze Dorf zusammen, um ihn zu verabschieden. Zum Bleiben versuchte ihn niemand zu bewegen, die Hagrím wußten, daß der rothaarige Krieger nicht bleiben würde. Dennoch drückten sie ihr Bedauern aus, daß er sie verlassen wollte, nach allem, was er für sie getan hatte.

»Ich habe meine Aufgabe beendet«, sagte Aigolf nur. Er verabschiedete sich von den meisten Hagrím mit Handschlag; dem jungen Rofen fiel es besonders schwer, denn er war drauf und dran mitzugehen, aber der Krieger konnte ihn überzeugen, daß es besser war, zu bleiben und das Gelernte anzuwenden, um den Hagrím das Auskommen zu erleichtern.

So dauerte der Abschied bis zum Mittag, bis Schanfar ihn aus dem Dorf begleitete, die kleine Delora im Arm. Aigolf nahm sie noch einmal an sich und flüsterte ihr leise Dinge ins Ohr, die nur für seine Tochter bestimmt waren. Erst dann umarmte er Schanfar und küßte sie innig.

Sie sprachen nicht mehr, denn alle Worte waren längst

gesagt. Sie winkte ihm nach, bis sie ihn aus den Augen verlor, und kehrte dann zurück ins Dorf.

Aigolf nahm den Pfad, der ihm nun schon so vertraut war, daß er ihn auch in tiefster Dunkelheit gefunden hätte. Er war noch nicht wieder im Vollbesitz aller Kräfte, aber voller Tatendrang, sein Schritt geschwind und federnd.

Als er den ersten Grat erreicht hatte, auf dessen anderer Seite sich der tödliche Lavastrom durch die Felsspalten wälzte, blieb er stehen, um einen letzten Blick auf das Dorf und seine Menschen zurückzuwerfen. Er konnte sich vorstellen, daß Schanfar mit ihrer Tochter auf dem Arm längst zum Tagwerk übergegangen war und daß bald auch alle anderen Hagrím ihren Aufgaben nachgehen würden. Es war eine schöne Vorstellung, und es war eine Beruhigung, diese Menschen in Sicherheit zu wissen.

Dann weiteten sich seine Augen, als er Farang auf sich zukommen sah – ebenfalls in entsprechender Ausrüstung.

»Hast du gedacht, daß du dich allein auf den Weg in die Ferne, in den Osten machst?« meinte Schanfars Bruder vergnügt – so hatte er Farang noch nie erlebt.

»Wieso … ich … wie kommst du darauf, daß ich wieder in den Osten ziehe, nachdem ich erst vor kurzem halbtot von dort zurückgekommen bin?« fragte er verdattert.

»Nun, das liegt doch auf der Hand«, erwiderte Farang und klopfte Aigolf, der ihn fast um Haupteslänge überragte, auf die Schulter. »Du hast von Anfang an keinen Hehl aus deiner eigentlichen Absicht gemacht, in die unbekannten Länder des Ostens zu reisen. Nun hast du deine Aufgabe beendet, und es gibt nichts mehr, was dich noch zurückhalten könnte, ein neues Leben zu beginnen. Diesen Wunsch hegtest du schon sehr lange, und er ist noch stärker als das Verlangen, bei Schanfar und deiner Tochter zu bleiben. Deine Reise zu dem Drachen hat dich erst richtig neugierig gemacht.«

Aigolf zog die Brauen zusammen. »So durchschaubar bin ich geworden?«

»He, Freund, ich bin Schanfars Bruder! Auch wenn ich ein Mann bin und nicht über die Gabe des Sehens verfügen kann, kann ich doch manches erkennen. – Abgesehen davon hat sie es mir erzählt!« Farang lachte herzlich.

Aigolf Thuransson, den man an vielen Orten in Aventurien ehrfürchtig den Rattenjäger nannte, rieb sich den roten Bart, strich sich bedächtig über die langen geflochtenen Haare und schmunzelte. »Also schön. Glaub aber nicht, daß du mein Aufpasser bist!«

Farang winkte lachend ab. »Kein Gedanke, mein Freund, schließlich begleite ich dich in eine ganz andere Welt, die auch für mich völlig fremd ist! Du hast so viel in mir bewegt und verändert, daß ich dieselbe Entscheidung treffen mußte wie du, auch wenn es schmerzte.«

»Ich habe aber nicht vor, jemals wieder zurückzukehren, denn dafür bin ich bereits zu alt. Bei der Reise, die ich vorhabe, bleibt mir keine Zeit für eine Rückkehr.«

»Das weiß ich, Aigolf, und das habe ich auch Schanfar gesagt. Übrigens habe ich einen Vorteil dir gegenüber, den du unbedingt nutzen solltest, wenn du nicht gleich in diesem Gebirge wie – deiner Erzählung nach – viele deiner Vorgänger scheitern möchtest: Ich bin ein sehr erfahrener Bergbewohner.«

»Du bist auch ein Schlitzohr, Farang. Ich nehme sonst niemanden mit, und gerade diese Reise wollte ich eigentlich allein unternehmen.«

»Aber du brauchst einen Freund, dort, wo du hingehst«, erwiderte Farang in ernstem Tonfall. »Gerade dort. Jemanden, der dich versteht und der das Leid mit dir teilen kann, damit du keine Torheiten anstellst.«

»Und dieser Jemand besitzt eine ausgeprägte Neugier.«

»Nun, warum sollte der Jemand nicht auch seinen Vorteil daraus ziehen?«

»Natürlich.« Der rothaarige Krieger lachte mit tiefer, rollender Stimme und schlug nun seinerseits dem Hagrím auf die Schulter. »Dann laß uns losziehen, mein Freund!«

Sie schulterten ihre wenigen Habseligkeiten und verschwanden gemeinsam in Richtung Osten – und für immer aus der Welt, die wir kennen.

Anhang

Erklärung aventurischer Begriffe

Die Götter und Monate

1. Praios = Gott der Sonne und des Gesetzes – entspricht Juli
2. Rondra = Göttin des Krieges und des Sturmes – entspricht August
3. Efferd = Gott des Wassers, des Windes und der Seefahrt entspricht September
4. Travia = Göttin des Herdfeuers, der Gastfreundschaft und der ehelichen Liebe – entspricht Oktober
5. Boron = Gott des Todes und des Schlafes – entspricht November
6. Hesinde = Göttin der Gelehrsamkeit, der Künste und der Magie – entspricht Dezember
7. Firun = Gott des Winters und der Jagd – entspricht Januar
8. Tsa = Göttin der Geburt und Erneuerung – entspricht Februar
9. Phex = Gott der Diebe und Händler – entspricht März
10. Peraine = Göttin des Ackerbaus und der Heilkunde – entspricht April
11. Ingerimm = Gott des Feuers und des Handwerks – entspricht Mai
12. Rahja = Göttin des Weines, des Rausches und der Liebe – entspricht Juni

Die Zwölf = die Gesamtheit der Götter
Der Namenlose = der Widersacher der Zwölf

Maße, Gewichte und Münzen

Meile = 1 km
Schritt = 1 m
Spann = 20 cm
Finger = 2 cm
Dukat (Goldstück) = 50 DM*
Silbertaler (Taler, Silberstück) = 5 DM*
Heller = 0,5 DM*
Kreuzer = 0,05 DM*
Unze = 25 g
Stein = 1 kg
Quader = 1 t

Himmelsrichtungen

Osten (Rahja), Süden (Praios), Westen (Efferd), Norden (Firun)

Begriffe, Namen, Orte

Angroschim = aventurisches Wort für Zwerg
Bornland = Land in Nordaventurien
Born-Dorn = kleiner Dolch
Charim = Hagrím-Ausdruck für Vorherbestimmung, Fatalismus
Charyptoroth = erzdämonischer Gegenspieler Efferds
Dere, derisch = die Welt, weltlich (irdisch)
Dorgan = Sohn des Digen, ein Zwerg, ehemaliger Kampfge-
    fährte Aigolf Thuranssons
Drachenzahn = magisches Bastardschwert Aigolf Thuranssons
Efferdbrüder = Gilde der Seeleute
Ehernes Schwert = mächtiges und unbezwingbares Grenzge-
    birge zwischen den Kontinenten Aventurien und Riesland,
    östlich der Walberge gelegen
Feuerdorn = magischer Zweihänder Aigolf Thuranssons

---

* Neue DSA-Regeln sehen einen realistischen Umrechnungsfaktor vor.
Hiernach ist der Dukat ca. DM 250,– wert. Auch die anderen Münzwerte
sind entsprechend anzuheben.

Flammberger Bucht = Gebirgsküste in Nordostaventurien, an der Grenze des aventurischen Kontinents

Golf von Perricum = auf der Ostseite des Mittelreiches gelegene vielbefahrene Schiffsstraße

Hagish = ›Drachling‹, Bezeichnung für teils echsenhafte, teils wölfische, teils menschliche Wesen, die über das Eherne Schwert nach Aventurien eingewandert sind

Hagrím = ›Drachenkind‹, Stamm in den Walbergen, vor langer Zeit aus dem Osten eingewandert

Herr der Gezeiten = der Gott Efferd

Kap Walstein = südlicher Ausläufer der Walberge

Löwin/Leuin, göttliche = die Göttin Rondra

Méan = der Mond, (aventurisch – das Madamal), Teil der Hagrím-Mythologie

Mendena = Hafenstadt der gleichnamigen Grafschaft auf der Ostseite Aventuriens (Mittelreich)

Neersand = Hafenstadt im Bornland

Nivesen = Ureinwohner des Bornlandes

Nujuka = Sprache der Nivesen

Riesland = unerforschter Kontinent östlich von Aventurien, auch: Ödland

Sor = die Sonne, Teil der Hagrím-Mythologie

Sula = Hagrím-Ausdruck für eine scherzhaft-spöttische Anrede

Suldrú = ›der Grausame‹, Drachenkönig der Hagrím, aus dem Osten jenseits des Ehernen Schwerts nach Aventurien eingewandert

Swafnir = Sohn Rondras und Efferds

Swafnirs Kinder = Wale

Turgoth = ›der blaue Dämon der See‹

Walberge = hügeliges und bewaldetes Gebiet zwischen dem Bornland und dem Ehernen Schwert